CHA
RLO
TTE

DAVID FOENKINOS

CHA RLO TTE

Tradução
Maria Alice A. de Sampaio Doria

1ª edição

BERTRAND BRASIL
Rio de Janeiro | 2016

Título original: *Charlotte*

Capa: Carolina Vaz

Imagem de capa: Coleção do Museu Histórico Judaico de Amsterdã, Holanda/
© Charlotte Salomon Foundation/ Charlotte Salomon®/ www.jck.nl

Texto revisado segundo o novo
Acordo Ortográfico da Língua Portuguesa

2016
Impresso no Brasil
Printed in Brazil

CIP-BRASIL. CATALOGAÇÃO NA PUBLICAÇÃO
SINDICATO NACIONAL DOS EDITORES DE LIVROS, RJ

F68c

Foenkinos, David, 1974-
Charlotte / David Foenkinos; tradução de Maria Alice A. de Sampaio Doria. – 1ª ed. – Rio de Janeiro: Bertrand Brasil, 2016.

Tradução de: Charlotte
ISBN 978-85-286-2072-6

1. Ficção francesa. I. Doria, Maria Alice A. de Sampaio. II. Título.

16-37128

CDD: 843
CDU: 821.133.1-3

EDITORA BERTRAND BRASIL LTDA.
Rua Argentina, 171 – 2º andar – São Cristóvão
20921-380 – Rio de Janeiro – RJ
Tel.: (0xx21) 2585-2000 – Fax: (0xx21) 2585-2084

Atendimento e venda direta ao leitor:
mdireto@record.com.br ou (0xx21) 2585-2002

Aquele que, enquanto vivo, não consegue
se sair bem na vida, precisa de uma mão
para afastar um pouco o desespero
causado pelo seu destino.

KAFKA,
Diários, 19 de outubro de 1921.

Este romance foi inspirado na vida de Charlotte Salomon.
Uma pintora alemã assassinada aos vinte e seis anos, grávida.
Minha principal fonte de pesquisa foi a obra autobiográfica *Vida? Ou Teatro?*

Primeira Parte

1

Charlotte aprendeu a ler o seu nome num túmulo.

Portanto, ela não era a primeira Charlotte.
Houve antes a sua tia, irmã de sua mãe.
As duas irmãs foram muito unidas, até uma noite de novembro de 1913.
Franziska e Charlotte cantavam juntas, dançavam e também riam.
Mas não faziam nada de estapafúrdio.
Havia um pudor nos seus exercícios de felicidade.
Talvez estivesse ligado à personalidade do pai.
Um intelectual rígido, amante das artes e de antiguidades.
Aos olhos dele, nada tinha mais interesse do que uma poeira romana.
A mãe delas era mais doce.
Mas uma doçura que se aproximava da tristeza.
A vida dela havia sido uma sucessão de tragédias.
Seria bom enunciá-las mais tarde.

Por enquanto, vamos ficar com Charlotte.
A primeira Charlotte.
Ela era bonita, seus longos cabelos negros como promessas.

Foi lentamente que tudo começou.
Progressivamente, ela foi fazendo tudo mais devagar: comer, andar, ler.
Alguma coisa desacelerava nela.
Com certeza, uma infiltração de melancolia em seu corpo.
Uma melancolia destruidora, da qual não se cura.
A felicidade passou a ser uma ilha do passado, inacessível.
Ninguém notou o aparecimento da lentidão em Charlotte.
Era muito insidiosa.
Comparavam as duas irmãs.
Simplesmente uma era mais sorridente do que a outra.
No máximo, frisavam aqui e acolá, devaneios um pouco longos.
Mas a noite se apoderou dela.
Aquela noite que foi preciso esperar, para que pudesse ser a última.

Era uma noite muito fria de novembro.
Enquanto todos dormiam, Charlotte se levantou.
Pegou algumas coisas, como se fosse viajar.
A cidade parecia parada, petrificada num inverno precoce.
A jovem acabara de fazer dezoito anos.
Andou rapidamente em direção ao seu destino.
Uma ponte.
Uma ponte que ela adorava.
O lugar secreto da sua escuridão.
Há muito tempo ela sabia que seria a última ponte.
Na noite escura, sem testemunhas, ela pulou.
Sem a menor hesitação.
E caiu na água gelada, tornando sua morte um martírio.

Encontraram seu corpo de manhã cedo, encalhado na margem.
Completamente azul em algumas partes.

Seus pais e a irmã foram acordados com a notícia.
O pai se imobilizou no silêncio.
A irmã chorou.
A mãe gritava de dor.

No dia seguinte, os jornais mencionaram a jovem.
Que se matou sem a menor explicação.
Talvez seja esse o escândalo supremo.
A violência acrescentada à violência.
Por quê?
A irmã considerou esse suicídio uma afronta à união delas.
Quase todo o tempo se sentia responsável.
Ela não viu nada, não compreendeu nada da lentidão.
Continuou a ir em frente com a culpa no coração.

2

Os pais e a irmã não assistiram ao enterro.
Arrasados, eles se isolaram.
Certamente, também sentiam um pouco de vergonha.
Queriam fugir do olhar dos outros.

Assim alguns meses se passaram.
Na impossibilidade de participar do mundo.
Um longo período de mutismo.
Falar era correr o risco de recordar Charlotte.
Ela se escondia atrás de cada palavra.
Só o silêncio poderia manter os sobreviventes caminhando.
Até o momento em que Franziska pôs um dedo no piano.

Ela tocou uma música, cantou suavemente.
Os pais se aproximaram dela.
E ficaram surpresos com essa manifestação de vida.

O país entrou em guerra e, talvez, fosse melhor.
O caos era o cenário certo para a sua dor.
Pela primeira vez, o conflito era mundial.
Em Sarajevo caíram os impérios do passado.
Milhões de homens se precipitaram para o seu fim.
O futuro era disputado em longos túneis escavados na terra.
Então, Franziska decidiu se tornar enfermeira.
Queria tratar dos feridos, curar os doentes, confortar os mortos.
E se sentir útil, é claro.
Ela que vivera os dias com o sentimento de ter sido inútil.
Sua mãe ficou assustada com a decisão.
O que provocou tensões e confrontos.
Uma guerra na guerra.
Sem nada a fazer, Franziska se engajou.
E se viu perto das zonas de perigo.
Alguns a consideravam corajosa.
Ela apenas não tinha mais medo da morte.

No centro dos combates, conheceu Albert Salomon.
Um dos mais jovens cirurgiões.
Muito alto e concentrado.
Um desses homens que mesmo imóveis parecem estar com pressa.
Ele dirigia um hospital adaptado às circunstâncias.
Na frente de batalha, na França.
Como os pais dele haviam morrido, a medicina era a sua família.
Obcecado por sua tarefa, nada o desviava de sua missão.
Parecia pouco atento às mulheres.

Mal notou a presença de uma nova enfermeira.
No entanto, ela continuava a lhe dirigir sorrisos.
Felizmente, uma eventualidade modificou a história.
Em plena operação, Albert espirrou.
O nariz escorreu; precisava assoá-lo.
Mas suas mãos examinavam as tripas de um soldado.
Então Franziska se aproximou com um lenço.
Foi nesse exato momento que, finalmente, ele olhou para ela.

Depois de um ano, estava nas mãos de Albert tomar coragem.
Mãos de cirurgião.
E ele foi ver os pais de Franziska.
Foram tão frios que ele perdeu a iniciativa.
Por que tinha ido lá?
Ah, sim... pedir a filha deles... em ca... samento...
Pedir o quê? — rosnou o pai.
Ele não queria aquele varapau como genro.
Certamente, ele não merecia casar com uma Grunwald.
Mas Franziska insistiu.
Disse que estava muito apaixonada.
Difícil ter certeza disso.
Mas ela não era do tipo que tinha caprichos.
Desde a morte de Charlotte, a vida fora reduzida ao essencial.

Os pais acabaram cedendo.
Fizeram um esforço para se alegrar um pouco.
Para voltar a sorrir.
Chegaram até a comprar flores.
Fazia muito tempo que não se via cores na sala.
Foi uma espécie de renascimento pelas pétalas.
No entanto, no casamento, exibiram sua cara de enterro.

3

Desde os primeiros dias, Franziska ficou sozinha.
Por que chamavam isso de *vida a dois?*
Albert havia voltado para o front.
A guerra se estendia, parecia eterna.
Nas fronteiras, uma carnificina.
Torcia para o seu marido não morrer.
Não queria ficar viúva.
Sendo que já era...
Espere, qual é mesmo a palavra usada quando se perde a irmã?
Não existe, não se diz nada.
Às vezes o dicionário é acanhado.
Como ela, é aterrorizado pela dor.

A recém-casada vagava pelo apartamento.
No primeiro andar de um prédio burguês, em Charlottenburg.
O bairro de Charlotte.
Ele ficava no número 15 da Wielandstrasse, perto da Savignyplatz.
Passeei muitas vezes por essa rua.
Antes mesmo de conhecer Charlotte, eu gostava desse bairro.
Em 2004, quis dar o título de "Savignyplatz" para um romance.
Esse nome ressoava em mim de maneira estranha.
Alguma coisa me atraía, sem que eu soubesse o porquê.

Um longo corredor percorria o apartamento.
Frequentemente, Franziska sentava ali para ler.
Sentia-se como se estivesse na fronteira de sua casa.
Naquele dia, ela fechou o livro apressadamente.
Tomada por uma vertigem, dirigiu-se ao banheiro.

E passou um pouco d'água no rosto.
Bastaram alguns segundos para que ela compreendesse.

Enquanto cuidava de um doente, Albert recebeu uma carta.
Diante de seu rosto pálido, um enfermeiro se preocupou.
Minha mulher está grávida — murmurou ele, enfim.
Nos meses seguintes, tentou ir a Berlim com mais frequência.
Porém, quase todo o tempo, Franziska ficava sozinha com seu ventre.
Passeava pelo corredor e já falava com o filho.
Bastante apressada para pôr um fim à solidão.
O parto ocorreu no dia 16 de abril de 1917.
Foi o surgimento de uma heroína.
E também de um bebê que chorava sem parar.
Como se não aceitasse o seu nascimento.

Franziska quis chamar a criança de Charlotte, em homenagem à irmã.
Albert não concordou que ela tivesse o nome de uma morta.
E, menos ainda, de uma suicida.
Franziska se indignou, chorou, se exasperou.
É uma maneira de mantê-la viva, pensava ela.
Por favor, seja razoável — repetia Albert.
Nada que pudesse fazer, ele sabia que ela não era razoável.
Era por isso também que a amava, pela sua doce loucura.
Por essa maneira de nunca ser a mesma mulher.
Ora ela era livre e submissa, ora febril e explosiva.
Ele sentiu que aquela luta era inútil.
E, além do mais, quem queria lutar durante a guerra?
Portanto, seria Charlotte.

4

Quais foram as primeiras lembranças de Charlotte?
Odores ou cores?
Mais provavelmente foram notas.
Melodias cantadas pela mãe.
Franziska tinha uma voz angelical e acompanhava a si mesmo no piano.
Desde bebê, Charlotte era embalada pelas canções.
Quando cresceu, passou a virar as páginas das partituras.
Assim se passaram os primeiros anos, com música.

Franziska gostava de passear com a filha.
Levava-a ao coração verde de Berlim, ao Tiergarten.
Uma ilhota de paz numa cidade que ainda respirava a derrota.
A pequena Charlotte observava os corpos deformados e mutilados.
Assustava-se com todas aquelas mãos que se estendiam para ela.
Um exército de mendigos.
Ela abaixava os olhos para não ver os rostos desfigurados.
E só levantava a cabeça quando estava no bosque.
Ali, podia correr atrás dos esquilos.

E depois, era preciso ir ao cemitério.
Para jamais esquecer.
Charlotte compreendeu muito cedo que os mortos fazem parte da vida.
Ela tocava as lágrimas da mãe.
Que chorava pela irmã como no dia de sua morte.

Algumas dores nunca passam.
No túmulo, Charlotte lia o seu nome.
Queria saber o que havia acontecido.
Sua tia se afogou.
Ela não sabia nadar?
Foi um acidente.
Franziska mudava rapidamente de assunto.
Essa foi sua primeira adaptação à realidade.
O início do teatro.

Albert desaprovava essas idas ao cemitério.
Por que levar Charlotte lá com tanta frequência?
Era uma atração mórbida.
Pedia que ela espaçasse essas visitas, que não levasse mais a filha.
Mas como controlar?
Ele nunca estava presente.
Ele só pensa no trabalho — diziam os sogros.
Albert queria se tornar o maior médico alemão.
Quando não estava no hospital, passava todo o tempo estudando.

É preciso desconfiar de um homem que trabalha demais.
Do que ele queria fugir?
De algum medo ou de um simples pressentimento.
O comportamento da sua mulher ficava cada vez mais instável.
Ele percebia nela momentos de ausência.
Às vezes, parecia tirar férias de si mesma.
Albert dizia a si mesmo que ela era sonhadora.

É comum buscarmos belas razões para as singularidades dos outros.
Finalmente, ele teve com o que se preocupar.
Durante dias inteiros, ela permaneceu deitada na cama.
Não ia nem sequer buscar Charlotte na escola.

E, depois, subitamente, voltou a ser ela mesma.
De um minuto para o outro saiu da letargia.
Sem a menor transição, levava Charlotte a todos os lugares.
À cidade e aos jardins, ao zoológico e aos museus.
Era preciso passear, ler, tocar piano, cantar, aprender tudo.
Quando estava cheia de vida, gostava de organizar festas.
Queria ver muita gente.
Albert gostava dessas *soirées*.
Elas eram o seu momento de repouso.
Franziska se punha ao piano.

Era tão bonita a maneira como ela movia os lábios.
Parecia conversar com as notas.
Para Charlotte, a voz da mãe era uma carícia.
Quando se tem uma mãe que canta tão bem, nada pode nos acontecer.

Como uma boneca, Charlotte ficava ereta no meio da sala.
Recebia os convidados com seu mais belo sorriso.
Aquele que havia aperfeiçoado com a mãe, a ponto de cansar o maxilar.
Qual era a lógica?
A mãe se fechava durante semanas.
Depois, subitamente, era tomada pelo demônio social.

Charlotte se divertia com essas mudanças.
Preferia qualquer coisa à apatia.
A superabundância ao vazio.
Vazio esse que agora voltava.
Tão rapidamente quanto havia ido embora.
E, novamente, Franziska se deitava, esgotada por nada.
Perdida na contemplação de um lugar no fundo do quarto.

Diante das incoerências maternas, Charlotte era dócil.
Domava sua melancolia.
É assim que nos tornamos artistas?
Acostumando-nos à loucura dos outros?

5

Charlotte tinha oito anos quando o estado da mãe piorou.
As fases depressivas se eternizaram.
Ela não tinha mais gosto por nada, sentia-se inútil.
Albert implorava à mulher.
Mas as trevas já estavam instaladas na cama deles.
Preciso de você — dizia ele.
Charlotte precisa de você — dizia ele também.
Ela adormecia, por aquela noite.

Mas se levantava.
Albert abria os olhos, seguia-a com o olhar.
Franziska se aproximava da janela.
Quero ver o céu — dizia ela para acalmar o marido.

Constantemente, garantia à Charlotte que no céu tudo era mais bonito.
E acrescentava: quando estiver lá, eu lhe enviarei uma carta para contar.
O Além virou uma obsessão.
Não quer que a mamãe vire um anjo?
Seria maravilhoso, não é?
Charlotte ficava calada.

Um anjo.
Franziska conhecia um: sua irmã.
Que teve a coragem de acabar consigo mesma.
De deixar a vida em silêncio, sem fazer alarde.
Uma perfeição na violência.
A morte de uma jovem de dezoito anos.
A morte da promessa.
Franziska achava que havia uma hierarquia no horror.
Um suicídio quando se tem um filho era um suicídio superior.
Na tragédia familiar, ela poderia ocupar o primeiro lugar.
Quem contestaria a supremacia de sua destruição?

Uma noite, ela se levantou devagarinho.
Sem nem mesmo respirar.
Pela primeira vez, Albert não a ouviu.
Ela foi até o banheiro.
Pegou um frasco de ópio e tomou todo o conteúdo.
Seu estertor, finalmente, acordou o marido.
Ele acorreu, a porta estava fechada à chave.
Franziska não abriu.
A garganta em fogo; a dor, insuportável.

No entanto, ela não morreu.
E o pânico do marido estragou o seu adeus.

Será que Charlotte ouvira?
Havia acordado?
Albert acabou conseguindo abrir a porta.
E trouxe a mulher de volta à vida.
A dose fora insuficiente.
Mas, agora, ele sabia.
A morte não era mais um fantasma.

6

Ao acordar, Charlotte procurou a mãe.
Sua mamãe passou mal à noite.
Não a incomode.
Pela primeira vez, a menina foi para a escola sem vê-la.
Sem beijá-la.

Franziska ficaria mais segura na casa dos pais.
Foi isso o que pensou Albert.
Se ficasse sozinha, ela se mataria.
Era impossível fazê-la usar a razão.
Franziska voltou para o seu quarto de solteira.
O cenário de sua infância.
O lugar onde havia sido feliz com a irmã.
Cercada pelos pais, ela recuperou um pouco as forças.
A mãe tentava esconder seu nervosismo.
Como isso era possível?

A tentativa de sua segunda filha, depois do suicídio da primeira?
Ela não descansava.
Procurava ajuda de todos os lados.
Chamaram um neurologista, amigo da família.
Foi uma pequena crise passageira — tranquilizou ele.
Um excesso de emoção e uma forte sensibilidade, nada mais.

Charlotte se preocupava.
Onde está a mamãe?
Ela está doente.
Está com gripe.
É muito contagioso.
Então, é melhor que não a veja por enquanto.
Ela voltará em breve — prometeu Albert.
Sem estar realmente convencido.
Ele sentia raiva da mulher.
Sobretudo quando se via diante do desespero de Charlotte.

No entanto, ia visitá-la todas as noites.
A acolhida dos sogros era glacial.
Eles o consideravam responsável.
Nunca estava em casa, não parava de trabalhar.
Inevitavelmente, a tentativa de suicídio havia sido um ato de desespero.
Um gesto provocado por uma solidão sem tamanho.
Era preciso culpar alguém.
E quanto à outra filha, foi minha culpa também? — ele queria gritar.
Mas Albert se calava.
Ele os ignorava e ia sentar-se perto da cama.

Ao ficar sozinho com a mulher, falava sobre algumas lembranças.
Terminava sempre assim, com as lembranças.
Podiam acreditar que tudo ia melhorar.
Franziska pegava a mão do marido e esboçava um sorriso.
Eram momentos de paz e até de ternura.
Curtas passagens de vida entre os obscuros desejos.

Uma enfermeira foi contratada para cuidar da doente.
Essa era a versão oficial.
O objetivo era vigiá-la, é claro.
Os dias se passavam sob o olhar dessa estranha.
Franziska nunca pedia notícias da filha.
Charlotte não existia mais.
Quando Albert levava-lhe um desenho, ela virava o rosto.

7

Os Grunwald jantavam na grande sala de jantar.
A enfermeira atravessou a sala e sentou-se ao lado deles um instante.
Subitamente, a mãe foi fulminada por uma visão.
Franziska sozinha no quarto se aproximava da janela.
Ela fuzilou a empregada com o olhar.
Levantou-se rapidamente e correu para onde a filha estava.
Abriu a porta bem a tempo de ver o corpo balançar.
Tarde demais, ela gritou com todas as forças.
Um barulho surdo.
A mãe avançou, trêmula, até a janela.
Franziska estava banhada em sangue.

Segunda Parte

1

Quando lhe deram a notícia, Charlotte ficou calada.
Uma gripe fulminante havia levado sua mãe.
Ela pensou nessa palavra: gripe.
Uma palavra e tudo acabou.
Anos depois, finalmente, ela soube a verdade.
Num ambiente de caos generalizado.

Naquele momento, ela confortou o pai.
Não tem importância — disse ela.
Mamãe me havia prevenido.
Ela se tornou um anjo.
Sempre dizia como é bonito estar no céu.
Albert não sabia o que responder.
Também queria acreditar nisso.
Mas ele sabia a verdade.
Sua mulher o abandonara.
Sozinho, com a filha.

Em todos os lugares as lembranças o perseguiam.
Ela estava em cada cômodo, em cada objeto.

O ar do apartamento ainda era o ar que ela havia respirado.
Ele queria mudar os móveis de lugar, revirar tudo.
Mais que isso, queria se mudar.
Quando falou com Charlotte, porém, ela não aceitou.
Sua mãe havia prometido lhe mandar uma carta.
Assim que estivesse no céu.
Logo, precisava continuar ali.
Senão, mamãe não poderá nos encontrar — disse a menina.
Todas as noites, ela esperava durante horas.
Sentada no parapeito da janela.
O horizonte era escuro, tenebroso.
Talvez fosse por isso que a carta da mãe não encontrava o caminho.
Os dias passaram, sem nenhuma notícia.

Charlotte quis ir ao cemitério.
Conhecia todos os recantos do lugar.
Ela se aproximou do túmulo da mãe.
Não se esqueça de sua promessa: você tem de me contar tudo.
Mas ainda nada.
Nada.
Charlotte não aguentava mais esse silêncio.
O pai procurou convencê-la.
Os mortos não podem escrever para os vivos.
E é melhor assim.
Sua mãe é feliz onde está.
Há muitos pianos escondidos nas nuvens.
Ele disse algumas bobagens.
Seus pensamentos se confundiam.
Finalmente, Charlotte compreendeu que não receberia notícias.
E ficou com uma raiva terrível da mãe.

2

Agora precisava aprender o que era a solidão.
Charlotte não dividia com ninguém seus sentimentos.
Seu pai fugia, se escondia no trabalho.
Todas as noites, ele se instalava no escritório.
Charlotte o observava arqueado sobre os livros.
Pilhas de livros, altas como torres.
Parecia um louco, murmurando todo o tipo de fórmulas.
Ninguém conseguiria pará-lo na estrada do conhecimento.
Nem na do reconhecimento.
Havia sido nomeado professor na universidade de medicina de Berlim.
Era uma consagração, um sonho realizado.
Charlotte não parecia se alegrar com o fato.
Na verdade, para ela, passara a ser difícil expressar uma emoção.
Na escola Fürstin-Bismarck, cochichavam quando ela passava.
É preciso ser gentil com ela, a mamãe dela morreu.
A mamãe dela morreu, a mamãe dela morreu, a mamãe dela morreu.
Felizmente, o prédio era tranquilizador, com escadas largas.
Um lugar onde a dor se acalmava.
Charlotte ficava feliz de ir para lá todos os dias.
Eu também fiz esse caminho.
Inúmeras vezes, os meus passos nos passos dela.
Idas e voltas nas pegadas da menina Charlotte.

Um dia, entrei na escola.
Jovens corriam pelo hall.

Pensei que Charlotte podia estar ainda entre elas.
Na secretaria, fui recebido pela orientadora pedagógica.
Uma mulher muito afável, que se chamava Gerlinde.
Expliquei-lhe o motivo da minha presença.
Ela não pareceu surpresa.
Charlotte Salomon — repetiu para si mesma.
Claro que sabemos quem é ela.

Então, uma longa visita começou.
Minuciosa, pois cada detalhe contava.
Gerlinde exaltou os méritos do estabelecimento.
Enquanto observava as minhas reações, minha emoção.
Porém, o mais importante ainda estava por vir.
Ela me propôs ir ver o material de ciências naturais.
Por quê?
É tudo daquela época.
Foi um mergulho no século passado.
Um mergulho no cenário intacto de Charlotte.

Atravessamos um corredor escuro e empoeirado.
E chegamos a um sótão cheio de animais empalhados.
E também de insetos que atravessavam a eternidade num vidro.
Um esqueleto chamou nossa atenção.
A morte, incessante refrão da minha busca.
Charlotte certamente o estudou — anunciou Gerlinde.
Eu estava ali, quase um século depois da minha heroína.
Analisando a composição de um corpo humano.

Para terminar, visitamos o magnífico auditório.
Um grupo de meninas posava para a foto da classe.

Estavam felizes e exuberantes, encorajadas pelo fotógrafo.
Tentativa bem-sucedida de imortalizar a alegria de viver.
Pensei na foto de classe de Charlotte que eu tinha visto.
Não havia sido tirada naquela sala, mas sim no pátio externo.
Era uma foto muito perturbadora.
Todas as jovens olhavam para a câmera.
Todas, exceto uma.
Os olhos de Charlotte estavam voltados para outra direção.
O que ela estaria olhando?

3

Charlotte morou algum tempo com os avós.
Ocupava o quarto de criança da mãe.
A avó ficou confusa com isso.
Ela misturava as épocas.
Uma criança com o rosto da sua primeira filha.
Uma criança que tinha o nome da segunda.
De noite, com medo, ela se levantava várias vezes.
Precisava verificar se a pequena Charlotte dormia tranquilamente.

A menina se tornara uma selvagem.
O pai contratou babás, que ela fazia de tudo para desencorajar.
Detestava qualquer pessoa que tentasse cuidar dela.
A pior de todas: senhorita Stagard.
Uma grande estúpida, pouco inteligente e vulgar.
Charlotte é a menina mais mal-educada que conheço — dizia ela.
Felizmente, durante um passeio, ela caiu numa rachadura do gelo.

Gritava de dor, com a perna quebrada.
Charlotte ficou em êxtase, finalmente livrara-se dela.

Mas com Hase foi muito diferente.
Charlotte gostou dela no mesmo instante.
Como Albert nunca estava em casa, ela passou a morar lá.
Quando se lavava, Charlotte se levantava para espiá-la.
Ficava fascinada com o volume do peito dela.
Era a primeira vez que via seios tão impressionantes.
Os da sua mãe eram pequenos.
E os seus, como seriam?
Queria saber o que era preferível.
Ao cruzar com um vizinho de andar da sua idade, interrogou-o.
Ele pareceu muito surpreso.
E, finalmente, respondeu: seios grandes.
Então, Hase tinha sorte, mas ela não era muito bonita.
Tinha o rosto um pouco balofo.
E pelos em cima da boca.
Para não dizer uma espécie de bigode.
Charlotte foi ver de novo o vizinho.
É melhor ter seios grandes e um bigode...
Ou seios pequenos com um rosto de anjo?
O vizinho hesitou de novo.
Sério, ele respondeu que a segunda opção lhe parecia melhor.
Em seguida, se afastou sem dizer mais nada.

Depois disso, sempre ficava constrangido ao cruzar com a estranha vizinha.
Charlotte se sentiu aliviada com a resposta.
No fundo, isso lhe assegurava que Hase não agradava aos homens.

Gostava demais dela para correr o risco de perdê-la.
Queria que ninguém gostasse de Hase.
Ninguém, exceto ela.

4

O primeiro Natal sem a mãe.
Os avós estavam lá, secos como sempre.
Havia um imenso pinheiro na sala, desmesurado.
Albert havia comprado o maior e mais bonito.
Para a filha, claro, e também em lembrança à mulher.
Franziska adorava o Natal.
Passava horas decorando a árvore.
Era o ponto luminoso do ano.
Mas a árvore estava escura.
Parecia que também estava de luto.

Charlotte abriu os presentes.
Como olhavam para ela, fingia ser a menina feliz.
Um teatro para desanuviar o momento.
Para expulsar a tristeza do pai.
O silêncio é o que fazia mal.
A mãe ficava horas ao piano no Natal.
Ela gostava dos cânticos cristãos.
Agora, a noite transcorria sem melodias.

Charlotte observava constantemente o piano.
Era incapaz de encostar nele.
Ainda via as mãos da mãe nas teclas.

No instrumento, o passado continuava vivo.
Charlotte sentia que o piano podia compreendê-la.
E que compartilhava da sua dor.
Ele era como ela: órfão.
Todos os dias, ela olhava a partitura que ficara aberta.
A última que sua mãe havia tocado.
Uma partitura de Bach.

Vários Natais se passaram assim, em silêncio.

5

Era o ano de 1930.
Charlotte se tornara uma adolescente.
As pessoas gostavam de dizer que ela estava *no seu mundo.*
Estar no seu mundo, o que isso significava?
O devaneio e, certamente, a poesia.
Mas, também, uma estranha mistura de desgosto e beatitude.
Charlotte podia sorrir e sofrer ao mesmo tempo.

Só Hase a compreendia e não necessariamente por palavras.
Charlotte apoiava a cabeça no peito dela, em silêncio.
E se sentia ouvida.
Alguns corpos são consolos.
Mas Hase já não cuidava tanto de Charlotte.
Albert dizia que uma menina de treze anos já não precisava de babá.
No entanto, será que ele sabia o que a filha queria?
Se assim fosse, ela não aceitaria a ideia de crescer.

* * *

Charlotte se sentia cada vez mais sozinha.
Sua melhor amiga passava mais tempo com Kathrin.
Uma novata que chegara ao colégio e já era popular.
Como ela fazia?
Algumas meninas têm o dom de se fazer amar.
Charlotte tinha medo de ser abandonada.
O melhor era evitar se relacionar.
Pois nada durava.
Precisava viver a salvo das possíveis decepções.
Mas, não, isso era ridículo.
Ela via o que havia acontecido com o pai.
Ele se tornara sombrio por se afastar dos outros.
Ela o encorajava a sair.

Num jantar, ele se viu frente a frente com uma cantora famosa.
Ela havia acabado de gravar um disco, maravilhoso.
Era aclamada por toda a Europa.
Também cantava músicas sacras nas igrejas.
Albert não encontrava as palavras certas, estava intimidado.
Havia lapsos na conversa.
Se ao menos ela estivesse doente, o médico saberia o que dizer.
Quanto a isso, nada a fazer; a mulher estava com uma saúde excelente.
Depois de um momento, ele balbuciou que tinha uma filha.
Paula (era esse o nome dela) ficou encantada.

Muito cortejada, ela sonhava com um homem que não fosse artista.
Kurt Singer, o fogoso diretor da Ópera, adulava-a.
Queria deixar tudo por ela (ou seja, a mulher).

Chegava a beirar um assédio amoroso.
Há meses, ele prometia mundos e fundos para Paula.
Também neurologista, tratava dos nervos das mulheres.
Para cativá-la, ele chegou até a tentar a hipnose.
Paula começou a ceder, mas depois o rejeitou.

Uma noite, na saída de um concerto, a mulher de Kurt surgiu.
Desesperada, jogou um frasco de veneno em Paula.
Veneno que certamente ela havia hesitado tomar.
Tragédia amorosa.
Essa história deixara Paula fragilizada.
Achou que já estava na hora de se casar.
Para pôr um fim nessa situação desgastante.
Nesse contexto, Albert lhe pareceu um refúgio.
E, além do mais, ela preferia as mãos de um cirurgião.

Albert contou para Charlotte seu encontro com Paula.
Maravilhada, ela insistiu para que ele a convidasse para jantar.
Seria uma enorme honra.
Ele obedeceu.
Na famosa noite, Charlotte pôs seu vestido mais bonito.
Para dizer a verdade, o único de que ela gostava.
Ela ajudou Hase a preparar a mesa e os pratos.
Tudo devia estar perfeito.
Às vinte horas tocaram a campainha.
Excitada, ela foi abrir a porta.
Paula lhe dirigiu um grande sorriso.
Você deve ser Charlotte — disse a cantora.
Sim sou eu, ela queria dizer.
Mas nenhum som saiu de sua boca.

* * *

O jantar se passou numa espécie de alegria contida.
Paula propôs que Charlotte fosse vê-la num concerto.
E, depois, você poderá até visitar os camarins.
Você verá, é tudo muito bonito — acrescentou Paula.
O único lugar em que a verdade existe são os bastidores.
Ela falava com doçura, com uma voz muito fina.
Não tinha nada de diva.
Ao contrário, seus gestos eram delicados.
Tudo está indo maravilhosamente bem, pensou Albert.
Parecia que Paula morava ali desde sempre.

Depois do jantar, imploraram para que Paula cantasse.
Ela se aproximou do piano.
O coração de Charlotte não mais batia, disparava.
Paula folheou as partituras dispostas ao lado do piano.
E, finalmente, escolheu um *Lied* de Schubert.
Que ela pôs por cima da de Bach.

6

Charlotte recortava todos os artigos a respeito de Paula.
O fato de alguém poder ser tão amada a deixava fascinada.
Ela gostava de ouvir os aplausos no teatro.
Sentia-se orgulhosa por conhecer a artista *pessoalmente*.
Charlotte adorava o calor do público.
O ruído da admiração era fabuloso.
Paula compartilhava com a menina o amor que recebia.
Ela lhe mostrava as flores e as cartas.
Tudo isso havia tomado a forma de um estranho consolo.

* * *

A vida intensa acelerava os dias.
De repente, tudo parecia frenético.
Albert perguntou para a filha o que ela achava de Paula.
Eu simplesmente a adoro.
Então, está perfeito, pois decidimos nos casar.
Charlotte pulou no pescoço do pai.
Uma coisa que ela não fazia há anos.

O casamento foi realizado na sinagoga.
Criada por um pai rabino, Paula era praticante.
O judaísmo tivera pouca importância na vida de Charlotte.
Podia-se até dizer: nenhuma.
Sua infância havia transcorrido sem nenhuma *orientação judaica*.
Para retomar as palavras de Walter Benjamin.
Seus pais levaram uma vida laica.
E sua mãe adorava os cânticos cristãos.
Aos treze anos, Charlotte descobriu esse mundo que deveria ser o seu.
Observou-o com a curiosidade fácil daquilo que nos parece estar longe.

7

A nova mulher de Albert se instalou no número 15 da Wielandstrasse.
Esse fato causou mudanças na vida de Charlotte.
Habituado com o vazio e o silêncio, o apartamento se metamorfoseou.
Paula trouxe a vida cultural de Berlim para dentro dele.
Ela convidava as celebridades.

Ali se podia cruzar com Albert Einstein.
Com o arquiteto Erich Mendelsohn.
Ou ainda com Albert Schweitzer.
Era o apogeu da dominação alemã.
Intelectual, artística e científica.
Tocava-se piano, bebia-se, cantava-se, dançava-se, inventava-se.
A vida nunca pareceu tão intensa.

Agora, em frente a esse endereço existem pequenas placas douradas no chão.
São denominadas *Stolpersteine.*
É uma homenagem aos deportados.
Existem muitas delas em Berlim, sobretudo em Charlottenburg.
Não é fácil vê-las.
É preciso andar de cabeça baixa, procurar a memória no calçamento.
Diante do prédio da Wielandstrasse 15, podem-se ler três nomes.
Os de Paula, Albert e Charlotte.
Mas, na parede, só há uma placa comemorativa.
A de Charlotte Salomon.

Por ocasião da minha última visita a Berlim, ela havia desaparecido.
O prédio estava em reforma, sob andaimes.
Charlotte havia sido apagada por uma camada de tinta fresca.
Asséptico, o prédio se parecia com a fachada de um cenário de cinema.
Imóvel na calçada, observei o terraço.
Onde Charlotte havia posado para uma foto com o pai.

A imagem datava por volta de 1928.
A menina tinha onze ou doze anos e um olhar vivo.
Surpreendentemente, ela já parecia uma mulher.
Fiquei por um momento no passado.
Preferindo observar a foto na minha memória ao presente.
Em seguida, finalmente me decidi.
Esgueirei-me entre as escadas e os operários para subir.
No primeiro andar, estava diante do seu apartamento.

Toquei a campainha na casa de Charlotte.

Por causa das obras, o lugar estava deserto.
Mas uma luz saía do apartamento.
Parecia haver alguém.
Tinha de haver alguém.
No entanto, não se ouvia nenhum ruído.
O apartamento era grande, eu sabia.
Toquei de novo a campainha.
Ainda nada.
Enquanto esperava, li os nomes inscritos em cima da campainha.
Parecia que o apartamento dos Salomon se tornara um escritório.
A empresa ali alojada se chamava *Dasdomainhaus.com*
Uma firma que desenvolvia sites para a Internet.

Ouvi um barulho.
Passos que se aproximavam.
Alguém que hesitava em abrir aporta.
Uma mulher preocupada apareceu.
O que queríamos?

Christian Kolb, que traduz os meus romances para o alemão, estava comigo.
Ele demorou a falar.
Sempre tem *reticências* na língua.
Eu lhe pedi para explicar a razão da nossa ida.
Escritor francês... Charlotte Salomon...
Ela bateu a porta na nossa cara.
Fiquei paralisado, estupefato.
Estava a alguns metros do quarto de Charlotte.
Foi frustrante, mas não se pode forçar as coisas.
Eu tinha todo o tempo.

8

As conversas que Charlotte testemunhava a enriqueciam.
Ela começou a ler, muito, apaixonadamente.
Devorava Goethe, Hesse, Remarque, Nietzsche, Döblin.
Paula achava sua enteada muito fechada.
Nunca convidava amigos para irem à sua casa.

Charlotte tornou-se possessiva em relação à madrasta.
Durante as *soirées*, ela a seguia continuamente.
Não suportava que outras pessoas falassem com ela por muito tempo.
Para o aniversário de Paula, queria fazer uma proeza.
Procurou por muitos dias o presente ideal.
Finalmente, encontrou a caixinha de pó de arroz perfeita.
Gastou todo o seu dinheiro.

Ficou muito feliz com seu achado.
Sua madrasta a amaria ainda mais.

No dia do aniversário, Charlotte estava ansiosa.
Paula abriu o presente.
Ela ficou muito contente.
Mas era um presente entre outros.
E agradeceu a todos com o mesmo carinho.
Charlotte ficou prostrada.
Aquilo a deixou desesperada.
E enlouquecida.
Ela se adiantou para pegar a caixinha de pó de arroz.
Jogou-a no chão com toda a força, diante dos convidados.
Todos ficaram em silêncio.
Albert olhou para Paula, como se coubesse a ela reagir.
A cantora foi tomada por uma raiva contida.
Acompanhou Charlotte até o quarto.
Conversaremos amanhã — disse ela.
Estraguei tudo, pensou a menina.

De manhã, elas se encontraram na cozinha.
Charlotte se desmanchou em desculpas.
Tentou explicar o que sentia.
Paula passou a mão no rosto dela, para confortá-la.
Feliz porque, finalmente, Charlotte conseguia pôr sua angústia em palavras.
Paula se lembrou da adolescente alegre que havia conhecido.
Não compreendia o que a perturbava tanto, agora.
Para Albert, a reação da filha era uma manifestação de ciúmes.

Nada além disso.
Ele se recusava a ver a profundidade do sofrimento da menina.
Vivia absorvido por sua imensa missão, era um grande médico.
Fizera descobertas importantes para a cura da úlcera.
As crises da filha não eram sua prioridade.

Paula continuava preocupada.
Achava que era preciso contar tudo a Charlotte.
A verdade.
Que verdade? — perguntou Albert.
A verdade... sobre a mãe.
Ela insistiu.
Ninguém podia se estruturar em cima de tamanha mentira.
Se ela descobrir que todo mundo lhe mentiu, será terrível.
Não; devemos nos calar — reafirmou Albert.
Antes de acrescentar: os avós foram categóricos.
Não querem que ela saiba.

Subitamente, Paula compreendeu.
Charlotte ia com frequência dormir na casa deles.
A pressão era incessante.
Eles lembravam o tempo todo que haviam perdido as filhas.
Só nos resta Lotte — gemiam eles.
Ao voltar de uma estada na casa deles, Charlotte estava sombria.
Evidentemente, a avó a amava profundamente.
Mas havia uma espécie de força melancólica no seu amor.
Como aquela mulher poderia cuidar de uma criança?
Ela, cujas filhas haviam cometido suicídio.

9

Paula aceitou não revelar nada a Charlotte.
Pois esse era o desejo da família.
Porém, enviou uma carta mordaz para a avó.
"A senhora é a assassina das suas filhas.
Mas não desta vez.
Vou protegê-la..."

Arrasada, a avó se enclausurou.
O passado que tentara enterrar voltara em ondas.
Ela se deixou invadir pela sucessão de tragédias.

Havia as duas filhas, sem dúvida.
Mas elas não eram mais do que o resultado de uma longa linhagem suicida.
Seu irmão também se jogara no rio por causa de um casamento infeliz.
Doutor em direito, ele tinha apenas vinte e oito anos.
O cadáver havia ficado exposto na sala.
Por vários dias, a família dormiu ao lado do desastre.
Não queria deixá-lo partir.
O apartamento devia ser o seu túmulo.
Só o odor da decomposição pôs um fim à exposição.
Quando levaram o filho, a mãe quis segurá-lo.
Ela conseguia aceitar a morte dele, mas não a ausência.
Não a ausência do seu corpo.
Ela afundou na demência.
Duas enfermeiras foram contratadas em tempo integral.

Para protegê-la de si mesma.
Como mais tarde foi feito para Franziska.
Logo depois da sua primeira tentativa de suicídio.
Portanto, a história se repetia.
E se repetiria sem cessar, como o refrão dos mortos.

A avó se lembrava daqueles anos tão difíceis.
Em que precisava vigiar a própria mãe.
Às vezes, ela falava com a mãe para acalmá-la.
Isso parecia aliviá-la.
Mas, inevitavelmente, a mãe recomeçava a lembrar do filho.
Dizia que ele era marinheiro.
Por isso não o viam muito.

Em seguida, a verdade lhe saltava subitamente ao rosto.
Uma verdadeira mordida da realidade.
Então, ela gritava durante horas.
Após oito anos de esgotamento mental, acabou sucumbindo.
Talvez a família voltasse a recuperar uma aparência de calma.

Mas, para a avó de Charlotte, ainda não havia terminado.
Assim que a mãe fora enterrada, sua irmã mais nova se matara.
De maneira inexplicável, imprevisível.
Aos dezoito anos, ela se levantou no meio da noite.
Para se jogar num rio gelado.
Exatamente o que fez mais tarde a primeira Charlotte.
Portanto, a história se repetia.
E se repetiria sem cessar, como o refrão dos mortos.

A avó havia ficado chocada com a morte da irmã.
Não havia percebido nada, nem ela nem ninguém.

Precisava fugir depressa.
O casamento era a melhor opção.
Ela se tornou uma Grunwald.
E logo teve duas filhas.

Alguns anos se passaram, estranhamente felizes.
Mas a marcha negra dos acontecimentos retomou o seu curso.
A filha única de seu irmão cometeu suicídio.
Em seguida, foi a vez de seu pai, depois de sua tia.
Portanto, não haveria nenhuma saída, jamais.
A hereditariedade mórbida era muito forte.
As raízes de uma árvore genealógica roída pela doença.

Contudo, ela nunca pensou que as próprias filhas fossem contaminadas.
Nada levava a esse presságio durante a feliz infância das meninas.
Elas corriam em todos os sentidos.
Pulavam, dançavam, riam.
Era impensável.
Charlotte, depois Franziska.

Fechada no seu quarto, a avó continuava a chorar os seus mortos.
Com a carta pousada no colo.
Molhadas de lágrimas, as palavras escorriam, se tornavam disformes.
E se Paula tivesse razão?
No fim das contas, aquela mulher cantava como um anjo.
Sim, Paula dissera a verdade.
Todo o mundo morria em volta dela.
Talvez tudo fosse culpa sua.

Então, precisava tomar cuidado.

Proteger Charlotte.

Ela passou a ver menos a criança, seria melhor assim.

Charlotte não foi mais dormir lá.

Isso era essencial.

Charlotte devia viver.

Mas será que isso seria possível?

Terceira Parte

1

Charlotte chegou aos dezesseis anos.
Dedicada, era brilhante na escola.
Às vezes, achavam-na misteriosa.
A madrasta a julgava petulante.
Elas já não se davam tão bem.
Albert continuava obcecado com suas pesquisas médicas.
Portanto, elas passavam longos dias apenas as duas.
Irritando uma à outra, dando nos nervos uma da outra, e não era normal?
Charlotte estava cada vez mais dividida.
Adulava Paula e não a suportava.

Mas não se cansava de ouvi-la.
Assistia a todos os concertos em Berlim.
Com a mesma emoção da primeira vez.
Paula era uma das maiores divas ainda vivas.
As multidões se espremiam para ouvi-la.
Ela havia acabado de gravar uma magnífica versão de *Carmem*.
Naquela noite, Charlotte estava na primeira fila.
A madrasta segurou a nota longamente.

Era a última da apresentação.
O público prendia a respiração.
O som morreu com delicadeza.
Foi um triunfo, uma ovação e até mais, se é que isso fosse possível.
Aqui e acolá se ouvia os bravos.
Charlotte observou os buquês de flores que enchiam o palco.
Os buquês que logo enfeitariam sua sala.
Tudo era emocionante.
E foi no centro dessa emoção que apareceu uma dissonância.

No início, Charlotte não teve certeza.
Talvez fosse uma manifestação de admiração meio estranha.
Gritos mais roucos, assobios mais estridentes.
Mas não, não era isso.
Os gritos vinham de cima.
Ainda não se distinguia bem.
As luzes ainda não haviam sido acesas.
Os gritos roucos ficaram mais fortes.
As vaias sobrepujaram os aplausos.
Paula compreendeu e saiu rapidamente para os bastidores.
Não queria escutar aquilo.
Ela não queria ouvir o ódio.

Homens gritavam horrores e insultos.
Diziam para Paula voltar para casa.
Não queriam mais ouvi-la ali!
Trêmula, Charlotte foi ter com ela.
Achou que ia encontrar a madrasta devastada.
Mas não, ela estava de pé em frente ao espelho.
Parecia forte, quase inabalável.

Foi ela quem tranquilizou Charlotte.
Era preciso se acostumar, era assim...
Mas o tom de sua voz soou falso.
Sua calma mascarava mal a preocupação.

Quando chegaram em casa, Albert ainda não estava dormindo.
Ele ficou assombrado com o relato da *soirée*.
A cena que elas descreveram lhe deu vontade de vomitar.
Isso estava ficando totalmente insustentável.
Alguns dos seus amigos iam sair da Alemanha.
Incitaram-nos a fazer o mesmo.
Paula poderia cantar nos Estados Unidos.
Albert encontraria trabalho facilmente.
Não — dissera ele.
Fora de questão.
Aqui é a nossa pátria.
É a Alemanha.
Era preciso ser otimista,* se convencer de que o ódio era efêmero.

2

Em janeiro de 1933, o ódio ascendeu ao poder.

Paula não podia mais se apresentar em público.
Para Albert, a morte profissional também chegou inesperadamente.

* Billy Wilder dizia: "Os pessimistas acabaram em Holywood e os otimistas, em Auschwitz."

Os tratamentos médicos efetuados por judeus não eram mais pagos.
Sua licença de professor foi retirada.
Logo ele, que fizera descobertas primordiais.
A violência se generalizou, livros foram queimados.
Reuniões eram feitas na casa dos Salomon à noite.
De artistas, intelectuais e médicos.
Alguns persistiam em acreditar que isso passaria.
Eram consequências lógicas de uma crise.
Alguém sempre precisava ser responsabilizado pelas desgraças do país.
Charlotte assistia às conversas dos vencidos.

Kurt Singer também ia lá.
Acabara de ser demitido das suas funções na Ópera de Berlim.
Sua força e seu carisma empurraram-no para a linha de frente.
Ele fez diligências perante os nazistas.
Pleiteou a causa dos artistas excluídos.
Propôs criar uma federação dos judeus alemães.
O responsável do partido que o recebeu hesitou.
Tinha de recusar, mas não podia deixar de admirar Singer.
Houve uma espécie de pausa entre eles.
Um tempo em que tudo poderia ocorrer.
A morte definitiva dos artistas ou a sobrevivência.
O poderoso funcionário do governo podia proibir tudo.
Ele ficou calado por um momento.
Olhou bem nos olhos do interlocutor.
Singer reprimiu o suor que devia lustrar suas têmporas.
Era o futuro de todos que estava em jogo.

Depois de longos minutos, o responsável nazista puxou um papel.
E assinou a autorização para criar a associação judaica.

Singer agradeceu efusivamente.
Obrigado, muito obrigado, senhor.
O herói da classe artística foi aclamado.
Organizaram uma grande *soirée* para comemorar essa vitória.
Quanta alegria por não morrer imediatamente.

Cantores, atores, dançarinos e professores respiraram.
Estar em cena era viver.
Paula não seria reduzida ao silêncio.
Ainda poderia dar recitais.
Num teatro para judeus, com um público judeu.
A versão cultural do gueto.
Esse sistema durou alguns anos.
Sendo cada vez mais limitado, controlado, sufocado.

Em 1938, Kurt Singer foi visitar a irmã nos Estados Unidos.
Durante sua ausência ocorreu a *Noite dos Cristais*.
Os bens dos judeus foram saqueados, dezenas de assassinatos perpetrados.
A irmã de Kurt suplicou para que ele ficasse nos Estados Unidos.
Era uma chance inaudita para ele.
Poderia ser poupado do desastre que se anunciava.
Foi-lhe proposto até um emprego na universidade.
Mas não.
Ele fazia questão de voltar ao seu país.
Para salvar o que pudesse ser salvo — disse ele.

Na volta para a Europa, ele passou por Roterdã.
Todos os amigos insistiram para que ficasse lá.
De qualquer maneira, a Sociedade Cultural havia sido dissolvida.

Voltar para a Alemanha naquele ano de 1938 seria suicídio.
Ele cedeu e se instalou na Holanda.
De novo, tentou resistir com a música e a arte.
Deu concertos.
E, no seu país, o torno se apertava.
Por muitas vezes poderia ter fugido.
Mas queria estar perto dos seus.
Ilusório baluarte para a fragilidade dos outros.
Era um homem muito corajoso.

As fotos mostram sua força, o cabelo desgrenhado.
Em 1942, ele foi deportado para o campo de Terezin.
Ali estavam internados outros artistas e as elites.
Era um campo considerado modelo.
Uma vitrine para as delegações da Cruz Vermelha.
Para os visitantes cegos ao que se passava por trás da cena.
Eram preparados espetáculos, sinal de que tudo ia bem.
Singer até continuara a tocar.
Ele erguia o braço e regia a orquestra com sua batuta.
Eram os sobreviventes da orquestra.
Mês após mês, os músicos foram se afundando no silêncio.
E morriam sem nenhuma cerimônia.
Singer acabou dirigindo dois violinistas medíocres.
Até o fim, ele continuou motivando os agonizantes.
Ninguém acreditava em mais nada, exceto ele.
Até o dia em que caiu de esgotamento, em janeiro de 1944.
Morto em combate.

3

Voltemos ao ano de 1933.

Charlotte não acreditava mais que o ódio pudesse ser passageiro.
Não se tratava de alguns fanáticos, mas de toda uma nação.
Uma corja com sede de violência dirigia o país.
No início do mês de abril foi organizado o boicote aos bens judeus.
Ela assistiu ao desfile nas ruas, ao saque às lojas.
Quem comprasse de um judeu era considerado um porco, leu ela.
Os slogans eram propagados com raiva.
Podemos imaginar o terror de Charlotte?

Novas notícias humilhantes eram anunciadas sem cessar.
Na escola, era preciso levar uma certidão de nascimento dos avós.
Algumas meninas descobriram ter ascendência judaica.
Num segundo, passavam para o lado das banidas.
Sangue ruim.
Algumas mães proibiam as filhas de frequentar os judeus.
E se isso pegasse?
Outras se indignavam.
Era preciso se organizar e combater os nazistas, protestavam elas.
Mas era perigoso dizer isso.
Então, cada vez se dizia um pouco mais baixo.
E acabaram se calando definitivamente.

Albert tentava tranquilizar a filha como podia.
Mas existem palavras que atenuem o ódio dos outros?
Charlotte se fechava cada vez mais.

Não cessava de ler e sonhava cada vez menos.
Foi nesse período que o desenho entrou na sua vida.
A paixão pela Renascença permitiu-lhe sair de sua época.

4

Os avós de Charlotte muitas vezes viajavam no verão.
Naquele ano, iam fazer uma longa viagem cultural pela Itália.
E queriam levar a neta.
Apesar das preocupações ligadas ao passado, o pai e Paula não hesitaram.
Ela seria feliz longe do abismo.

Para Charlotte, essa viagem foi fundamental.
Seus avós tinham paixão por civilizações antigas.
Por tudo o que se assemelhasse a um vestígio delas.
Tinham um fascínio especial pelas múmias.
E pela pintura, é claro.
Charlotte aperfeiçoou seu conhecimento.
Descobriu novos horizontes.
Diante de alguns quadros, seu coração batia como por um amor.
Aquele verão de 1933 foi o real nascimento dessa evidência.

Existe um ponto preciso na trajetória de um artista.
O momento em que a sua própria voz começa a ser ouvida.
A densidade se propagou nela, como sangue na água.

Durante a viagem, Charlotte fez perguntas sobre sua mãe.
A lembrança da presença dela se havia diluído com o passar dos anos.

Ficara reduzida a vagas sensações, a emoções imprecisas.
A menina sofria por ter esquecido a voz e o cheiro dela.
A avó evitava o assunto, doloroso demais.
Charlotte compreendeu que era melhor não perguntar nada.
Franziska continuava sua viagem no silêncio.
A causa da sua morte continuava um segredo para a filha.

O avô se reconfortava com as obras.
Elas lhe davam um otimismo absurdo.
A Europa não ia afundar de novo na loucura assassina.
Era isso o que ele declarava ao visitar as ruínas.
A força das antigas civilizações era tranquilizadora.
Ele acompanhava suas teorias com largos gestos desordenados.
A mulher o seguia, eterna sombra do marido.
Diante desse duo incrível, Charlotte sorria.
Eles pareciam muito velhos.
O avô exibia uma longa barba branca, como a dos apóstolos.
Embora andasse com uma bengala, não deixava de ser robusto.
A avó estava cada vez mais esquelética.
Ficava de pé por um milagre, cujo segredo só ela conhecia.

Sem descanso, os dois velhos percorriam as galerias.
Era Charlotte quem implorava por pausas.
Ficava exausta com o ritmo acelerado.
Eles queriam ver tudo em cada museu.
Charlotte achava essa bulimia estéril.
Seria preferível se prender a uma única obra.
Dar a ela a exclusividade da sua atenção.
Não seria melhor conhecer um único quadro na perfeição?

Mais do que fragmentar o olhar e acabar por perdê-lo.
Ela queria muito se fixar em algum lugar.
Não ter de buscar o que não encontrava.

5

A volta à Alemanha foi penosa.
Depois de um verão no centro das maravilhas, a realidade foi uma agressão.
A realidade que era preciso olhar de frente.
Os avós tomaram a decisão de sair do país.
Não duvidavam que nunca mais voltariam.
O exílio seria definitivo.

Por ocasião de uma estada na Espanha, haviam conhecido uma americana.
De origem alemã, Ottilie Moore ficara viúva há pouco tempo.
E, assim, ela se viu à frente de uma grande fortuna.
Possuía uma imensa propriedade no sul da França.
Onde recebia todo o tipo de refugiados, sobretudo crianças.
Em visita a Berlim, ela constatou a violência.
Ofereceu aos avós para acolhê-los.
Por tempo ilimitado — acrescentou.
A viúva apreciava a erudição e o humor deles.
Na casa dela, eles ficariam protegidos da catástrofe que estava por vir.
Depois de uma longa hesitação, eles aceitaram.
Em Villefranche-sur-Mer, a propriedade era um pedaço do paraíso.

Com um magnífico, e até mesmo exótico, jardim.
Ali se viam oliveiras, palmeiras e ciprestes.
Ottilie era uma mulher alegre, sempre sorridente, quase exuberante.

Charlotte ficou em Berlim com o pai e Paula.
Voltou à escola, onde as humilhações eram constantes.
Até que um dia, uma lei a proibiu de continuar os estudos.
Um ano antes do exame de fim do ensino médio, ela teve de desistir.
E saiu com o boletim que atestava *um comportamento impecável.*

Com Paula, vivia reclusa no apartamento.
Em vez de se apoiarem mutuamente, não se entendiam.
Charlotte fazia a madrasta pagar pela sua exclusão do mundo.
Era a única pessoa com quem ela podia gritar.

Alguns dias eram mais calmos.
Elas conversavam sobre o futuro.
Charlotte desenhava cada vez mais, sonhava fazer parte da Belas-Artes.
Às vezes ia até a frente da Academia.
Olhava os alunos saírem com a pasta de desenho.
Depois, erguia a cabeça.
Uma imensa bandeira nazista tremulava no alto do edifício.

O pai lhe disse que seria complicado fazer parte da Academia.
A cota de judeus aceita por eles era muito pequena, apenas um por cento.
No entanto, ele a estimula a se inscrever numa escola de estilistas.

Ali, os semitas eram tolerados.
No fim das contas, seria uma forma de arte.
Ela poderia criar roupas.
A contragosto, ela concordou.
Afinal, já havia desistido de decidir como conduzir a própria vida.
Ela só ficou nessa escola um dia, aturdida.
Mas essas poucas horas reforçaram sua vocação.
Ela queria pintar.

Os seus primeiros quadros eram promissores, isso é verdade.
Albert decidiu pagar por aulas particulares.
Uma boa formação é o essencial — dissera ele.
Sim, era essencial para o futuro.

6

As aulas se revelaram lamentáveis.
A professora parecia pensar que a pintura havia parado em 1650.
Era uma mulher que usava um eterno *tailleur* bege, apertado.
Os óculos trifocais lhe davam uma aparência de rã.
Charlotte tentava obedecer docilmente.
Afinal, era um sacrifício financeiro para o seu pai.
Mas o aborrecimento era incomensurável.
A rã pediu que ela desenhasse um cacto.
Por várias vezes, ela apagou friamente o desenho de Charlotte.
O número de espinhos estava errado!
Isso não era pintura, era fotografia.
Durante semanas, Charlotte continuou com naturezas mortas.

Em alemão, natureza morta se diz *Stilleben:* vida silenciosa.
Vida silenciosa, essa expressão combinava bem com Charlotte.

Charlotte não podia expressar o que sentia.
No entanto, seu destino melhorava.
Havia encontrado um caminho entre o academismo estudado e os modernos.
Admirava profundamente Van Gogh, descobrira Chagall.
Venerava Emil Noble, do qual havia lido a seguinte frase:
"Gosto que um quadro pareça ter sido pintado por ele mesmo."
Havia também Munch, claro, bem como Kokoschka e Beckmann.
A única coisa que contava era a pintura, que se tornara uma obsessão.
Tinha de tentar o concurso para as Belas-Artes a qualquer preço.
Charlotte se preparou com afinco.
O demônio avançava dentro dela.
Albert e Paula começaram a achar essa paixão preocupante.
Mas, ao contrário, era uma alegria.
Charlotte, que se sentira tão perdida, havia encontrado seu caminho.

Finalmente, ela apresentou seu dossiê para as Belas-Artes.
O professor Ludwig Bartning ficou intrigado com o estilo dela.
Pressentiu nessa candidata um potencial muito forte.
Ele fazia questão que ela entrasse para a Academia.
Mas poucos judeus eram admitidos.
O único ponto a seu favor: o pai de Charlotte era um ex-combatente.
Aqui e acolá autorizavam um fôlego na perda dos direitos.

Enfim, nada funcionou.

Foi preciso apresentar o dossiê a uma comissão.

Ludwig quis conhecer a jovem artista.

Era um homem benevolente, que militava contra as leis radicais.

Charlotte se tornaria sua protegida.

Teria notado nela alguma coisa que ele não tinha?

Ele pintava flores.

Flores elegantes.

Mas que respiravam o razoável.

No dia da comissão de admissão a tensão era palpável.

O talento de Charlotte era evidente.

Mas estava fora de questão que ela entrasse para o estabelecimento.

Era muito arriscado.

Em que isso é arriscado? — indignou-se Bartning.

Ela poderia ser uma ameaça para as jovens arianas.

A judia é sedutora, pervertida.

Bartning disse que havia conhecido Charlotte.

Garantiu que ela não representava nenhum perigo para as alunas.

E insistiu: ela é muito reservada.

Analisaram, assim, a ameaça em potencial que Charlotte representava.

Não se falou nenhum segundo no talento dela.

A insistência de Ludwig Bartning acabou vencendo.

Acontecera um fato único.

Charlotte Salomon, excluída por toda parte, foi admitida.

Estudaria na Academia de Belas-Artes de Berlim.

7

Com uma felicidade bulímica, ela mergulhou no trabalho.
Os professores apreciavam seu rigor, sua inventividade.
Às vezes, reprovavam seu mutismo.
Precisava saber o que eles queriam.
Pediram-lhe para ser discreta, para evitar falar com as outras.
No entanto, ela fez uma amiga.
Barbara, a bela loura, a ariana por essência.
Eu sou tão bonita, heil Hitler! — dizia Barbara.
À noite, elas gostavam de voltar juntas para casa.
Charlotte ouvia as confidências da amiga.

Ela lhe falava do seu amor.
A vida dela parecia maravilhosa.
Se ao menos Charlotte pudesse ser um pouco Barbara.

Nas Belas Artes, a liberdade artística se restringia progressivamente.
Os professores foram submetidos a pressões mais rigorosas.
Os nazistas haviam decidido dominar também os pincéis.
Com frequência as milícias irrompiam no hall.
Ficavam ali, aspirando o perfume da decadência.
Era preciso simplesmente erradicar a arte moderna.
Como se podia ousar pintar outra coisa que não camponeses louros?
Era preciso glorificar os atletas, valorizar a força e a virilidade.
E não os corpos alucinados, retorcidos, dilacerados de Beckmann.
Que horror era aquele artista, a própria essência da arte degenerada.

Beckmann, gênio alemão, havia decidido sair do país em 1937.
Logo depois de ouvir o discurso de Hitler em Munique.

O da abertura da Casa de Arte alemã:
"Antes que o nacional-socialismo tome o poder...
Na Alemanha só há uma pretensa Arte Moderna.
Todos os anos uma nova arte moderna!
Queremos uma arte alemã de valor eterno!
A arte não é fundamentada no tempo, numa época, num estilo, num ano.
Mas unicamente num povo!
E o que vocês produzem?
Estropiados distorcidos e cretinos.
Mulheres que só podem inspirar aversão.
Homens que estão mais próximos de animais do que de seres humanos.
Crianças que, se existissem semelhantes...
Seriam imediatamente consideradas uma maldição divina!"

Assim definida, a arte degenerada estava no centro de uma grande retrospectiva.
Tratava-se de mostrar o que era proibido gostar.
Seria preciso educar o olho, fabricar o exército do gosto.
E, sobretudo: indicar os culpados da decadência.
O lugar de honra foi dado a Marc Chagall, Max Ernst e Otto Dix.
Havia muita gente para vomitar a judiaria artística.
Depois dos livros queimados, os quadros cobertos de escarros.
No meio das obras foram expostas garatujas de crianças.
E quadros pintados por débeis mentais.
Essa foi a encenação da arte moderna.

8

Charlotte se posicionou do lado dos artistas desprezados.
Ela se interessava pelas evoluções picturais, pelas últimas teorias.
Possuía livros do historiador de arte Aby Warburg.
Quando obtive essa informação, tudo me pareceu evidente.

Antes de conhecer Charlotte, eu era apaixonado por Aby Warburg.
Em 1998, eu havia lido no *Libération* um artigo intitulado:
"Warburg, operação de salvamento..."
O jornalista Robert Maggiori citava uma *biblioteca mítica.*
A palavra biblioteca me chamou a atenção.
Procuro uma, que sempre me perseguiu.
É uma visão da infância, obsedante.
Será que vem de uma vida anterior?

Alguma coisa me atraía nesse nome, Aby Warburg.
Então, li tudo sobre esse estranho personagem.
Herdeiro rico, o mais velho da família, legou sua fortuna para os irmãos.
Com a única condição de que eles lhe comprassem todos os livros que pedisse.
Aby Warburg está, assim, na origem de um fundo bibliofílico inaudito.
Ele tinha teorias sobre a classificação dos livros.
Principalmente a da *boa vizinhança.*
O livro que procuramos não é, necessariamente, o que devemos ler.
É preciso olhar o que está ao lado.

Ele andava durante horas entre os livros, numa felicidade extática.
Na fronteira da demência, também falava com as borboletas.

Aliás, fora internado inúmeras vezes.

Convocava os médicos.

Tentava lhes provar que não era louco.

Se eu provar, então vocês me deixam sair!

Depois de sua morte, em 1929, sua obra perdurou graças aos seus discípulos.

Na primeira fila deles estava Ernst Cassirer.

Pressentindo o perigo, eles decidiram salvar a biblioteca.

Transferiram-na para Londres em 1933 (livros fugindo do nazismo).

E ela continua lá, em Woburn Square.

Eu a visitei muitas vezes.

Em julho de 2004, obtive uma bolsa para uma viagem literária.

Na França, chama-se *missão Stendhal*.

Eu precisava ir a Hamburgo, visitar a casa natal de Warburg.

Queria escrever um livro sobre ele.

Mas, também, confrontar o meu conflito com a realidade.

Pois pensava nele todo o tempo.

Na sua personalidade, sua época, na história da biblioteca exilada.

Viajei, convencido de que seria esclarecido.

Mas nada aconteceu.

O que eu esperava, exatamente?

Nem sabia o que fora buscar.

Cada vez mais eu era atraído pela Alemanha.

E estava obcecado pela língua.

Ouvia os *lieder* cantados por Kathleen Ferrier.

Em muitos dos meus romances, os meus personagens falam
alemão.
Algumas heroínas ensinam ou traduzem essa língua.
Eu navegava nessa intuição indefinida.
Todos os artistas de quem eu gostava eram germânicos.
E mesmo os designers, devo dizer.
Nada me interessa menos do que móveis.
Mas comecei a adorar os escritórios do período Bauhaus.
Eu ia à Conran Shop só para olhá-los.
Abria as gavetas, como as pessoas experimentam sapatos.
Em Berlim, comecei a amar Berlim.
Ficava horas no terraço de um café na Savignyplatz.
Ou folheava livros de arte das livrarias desse bairro.
Disseram-me que a minha atração estava na moda.
É verdade, todo o mundo adora Berlim.
Estou cercado de pessoas que querem morar lá.
Mas eu não me sentia na moda.
Ao contrário, estava velho e *démodé*.

Mas então eu descobri a obra de Charlotte.
Foi o maior dos acasos.
Eu não sabia o que ia ver.
Ia almoçar com uma amiga que trabalhava num museu.
Ela me disse: devia ir ver a exposição.
Foi tudo o que ela disse.
Talvez tenha acrescentado: você vai gostar.
Mas não tenho certeza.
Não foi nada premeditado.
Ela me guiou pela sala.
E foi imediato.

* * *

A sensação de, finalmente, ter encontrado o que eu procurava.
O desenlace inesperado da minha atração.
Minhas errâncias me haviam levado ao lugar certo.
Soube disso no instante em que vi *Vida? Ou Teatro?*
Tudo o que eu gostava.
Tudo o que me perturbava há anos.
Warburg e a pintura.
Os escritores alemães.
A música e a fantasia.
O desespero e a loucura.
Tudo estava ali.
Num brilho de cores vivas.

A conivência imediata com alguém.
A estranha sensação de já ter estado naquele lugar.
Eu sentia tudo isso com a obra de Charlotte.
Eu conhecia o que estava vendo.

A amiga que estava ao meu lado perguntou: então, gosta?
Não pude responder.
A emoção me impedia.
Ela deve ter pensado que aquilo não me interessava.
Sendo que.
Não sei.
Eu não sabia como expressar o que sentia.

Há pouco tempo, um texto de Jonathan Safran Foer veio parar em minhas mãos.
Eu não conhecia realmente esse autor.
Mas sinto uma simpatia um pouco idiota por ele.

Pois às vezes ficamos colados nas prateleiras.
Criamos vínculos na medida do possível.
Outra versão da teoria da boa vizinhança.
Ele contava o choque que teve com a descoberta de Charlotte.
Havia sido em Amsterdã.
Esbarrou com ela também por acaso.
Relembrava o encontro importante que tivera naquele dia.
E que fugiu literalmente da sua memória.
Eu saí no mesmo estado de espírito.
Nada mais tinha importância.
É muito rara essa sensação de ser totalmente invadido.
Eu era um país ocupado. Os dias passaram.
Sem que nada viesse alterar essa sensação.

Tomei notas durante anos.
Percorri a obra dela sem cessar.
Citei ou lembrei Charlotte em várias dos meus romances.
Tentei escrever este livro muitas vezes.
Mas como?
Eu deveria estar presente?
Deveria romancear a história?
Que forma a minha obsessão deveria tomar?
Eu começava, tentava, depois abandonava.
Não conseguia escrever duas frases seguidas.
Sentia-me estancado em cada ponto.
Impossível avançar.
Era uma sensação física, uma opressão.
Sentia necessidade de ir para a linha seguinte para respirar.

Então, compreendi que deveria escrevê-lo assim.

Quarta Parte

1

Ocorreu um grande acontecimento na vida de Charlotte.
Esse acontecimento foi um homem.

Não se podia dizer se Alfred Wolfsohn era bonito ou feio.
Alguns tipos físicos parecem ser uma pergunta sem resposta.
Sabemos apenas que não se podia desviar o olhar dele.
Quando estava presente, só se via ele.

Neste momento em que vou descrevê-lo, ele andava depressa.
Suado, ele percorria Berlim.
Alfred cuidava da mãe doente e da irmã inapta para trabalhar.
Mas onde conseguir dinheiro?
Professor de canto, não podia mais ensinar em lugar nenhum.
Só lhe restava o *Kulturbund*.
A associação de solidariedade criada por Kurt Singer.
Era a única pessoa que poderia ajudá-lo.

Sempre atrasado, finalmente ele entrou no escritório de Singer.
E balbuciou algumas desculpas incompreensíveis.

Agitava muito os braços.

Braços perdidos num casacão largo demais.

Apesar da comicidade do aparecimento, Singer não sorriu.

Pois Alfred era uma personalidade eminente.

Era estranho e excêntrico, mas tinha imenso talento.

Havia desenvolvido novas teorias sobre os métodos de canto.

Era preciso buscar a voz no íntimo de si mesmo.

Como os bebês podiam gritar por tanto tempo?

E sem sequer prejudicar as cordas vocais.

Era preciso voltar à origem dessa potência.

Um incrível mergulho no que estaria oculto em nós.

Tudo isso talvez também tivesse um vínculo com a morte.

Alfred era encantador, tinha-se vontade de ajudá-lo, de salvá-lo.

Kurt pensou e acabou encontrando uma solução.

A grande cantora Paula Salomon não tinha mais professor.

O que trabalhava com ela há muito tempo havia desistido.

A contragosto, ele rompeu a colaboração entre os dois.

Não tinha mais escolha.

Havia recebido ameaças se continuasse a trabalhar com uma judia.

A última aula foi como uma ardente ferida.

Eles se separaram no corredor, em silêncio.

Alguns dias depois, alguém tocou a campainha.

Devia ser o professor enviado por Kurt Singer.

Ainda bem, pela primeira vez ele era pontual.

Ela abriu a porta e lhe fez sinal para entrar.

Antes mesmo de tirar o casacão, ele disse: é uma honra.

Antes mesmo de dizer bom-dia, aliás.
O cumprimento agradou à Paula.
Os elogios eram cada vez mais raros.
Ela quase não cantava mais em público.
Haviam lhe tirado o direito de ser aplaudida.
Mas ela precisava continuar a trabalhar a voz.
Pois, isso era certo, ela voltaria.

Alfred foi diretamente para o piano.
Passou na frente de Paula, como se já se sentisse em casa.
Tocou de leve no instrumento, e só então tirou o casaco.
Virou a cabeça para a anfitriã e olhou-a direto nos olhos.
Depois de um momento de silêncio, ele se lançou num monólogo.
Deve me contratar, é preciso.
Você cantava melhor antes, no início da sua carreira.
A rotina do sucesso deve tê-la anestesiado.
O seu último disco está terrivelmente mecânico.
Posso dizer francamente, ele não tem alma.
Você é colossal, mas isso não é suficiente.
Vou fazer de você a maior cantora do mundo.
Os meus métodos são revolucionários, vai ver.
Enfim, você vai entender.

Ele continuou por longos minutos, diante de uma Paula boquiaberta.
Como ele ousava?
Como podia aparecer e descarregar tantas certezas?
No entanto, ele não estava completamente errado.

Paula sentia que a sua relação com a música se tornara razoável.
O que havia acontecido?
Seria por causa da situação política?
Ou devido ao sucesso que anestesia tudo?
E agora que esse homem supostamente iria ajudá-la, ela estava desorientada.
Há muito tempo, ninguém lhe jogava na cara tantas verdades.

Alfred assumira um risco considerável.
Precisava muito desse emprego.
Era um ato abusivo dirigir-se assim a ela.
Paula poderia despedi-lo.
Quem era ele para julgá-la desse modo?
Ele continuou a falar percorrendo a sala.
Com as mãos nas costas.
Será que nunca ia parar?
Paula queria interrompê-lo e dizer: entendi a sua proposta.
Ela queria, mas era impossível.
Parecia que Alfred libertava séculos de palavras.
Ele levava a sério essa missão que ainda não lhe havia sido confiada.
Paula compreendeu que não deveria recusar.
Aquele homem, por mais inconveniente que fosse, queria o seu bem.
Ele não queria nada além do que lhe passar as suas convicções.

Erguendo a mão ela lhe fez sinal para que se calasse.
De nada adiantou, ele falava mais e mais.
Paula não compreendeu tudo o que ele dizia.

Parecia que contava fatos curiosos sobre Bach.
Finalmente, ele viu a mão erguida.
Então, subitamente, parou.
Paula estava exausta de tanto ouvir.
No entanto, encontrou forças para dizer: você começa amanhã de manhã.
Eu o aguardarei às dez horas.

2

Então, uma relação intensa se iniciou.
Todas as manhãs, eles se encontravam em volta do piano.
Enquanto isso, Albert cuidava dos seus doentes.
E Charlotte desenhava a si mesma.
Na Belas-Artes, estudava o autorretrato.

Alfred se tornara um verdadeiro divertimento para Paula.
Era encantador, excêntrico, incrivelmente erudito.
Eles conversavam durante horas.
O professor era obcecado pelo mito de Orfeu.
Aliás, estava escrevendo um livro sobre o assunto.
Pensava sem cessar na travessia das trevas.
Como se podia voltar do caos?
Para compreender essa obsessão, era preciso voltar ao passado.

Com dezoito anos apenas, ele havia partido para a frente de batalha.

Queria fugir, desaparecer, mas era impossível.
Uma vida de homem era, então, uma vida de combatente.
E ele foi confrontado com o pior.
Conheceu o medo.
De pé, na neblina, a impossibilidade de voltar atrás.
Todos os desertores eram fuzilados.
As nuvens estavam muito baixas.
A terra, revirada, respirava os corpos decompostos.
A paisagem era uma vasta desolação.
Como Otto Dix, Alfred achou que se tratava de uma *obra do diabo*.

Um ataque dizimou seu regimento.
Em toda a sua volta, via corpos supliciados.
Sem dúvida ele mesmo estava morto.
No entanto, alguma coisa continuava a bater dentro dele.
Com certeza era o coração no âmago do seu corpo.
Os ouvidos lhe doíam.
A explosão havia perfurado os tímpanos.
Pensou ouvir alguém chamando.
Ou seria um estertor?

Alfred abriu os olhos; logo, estava vivo.
Ele viu o soldado morrendo ao seu lado.
Implorando sua ajuda.
Naquele momento, percebeu algumas presenças.
Soldados franceses que vinham na sua direção.
Provavelmente em busca de sobreviventes para acabar de matar.
Não podia ajudar o outro.

Não podia.
Não era possível.
Teria que deixá-lo assim.
Entregue à morte certa.
Alfred deslizou para debaixo de um cadáver.
E parou de respirar.

Quanto tempo teria ficado assim?
Impossível dizer.
Uma patrulha acabou recolhendo os feridos.
Alfred não se lembrava de mais nada.
Repatriado para Berlim, não reconheceu nem mesmo a mãe.
E permaneceu assim durante um ano.
O ano de 1919 não existiu para ele.
Não podia mais falar e emendava passagens pelo sanatório.
Com os companheiros de vidas destroçadas.
Os meses se passaram e precisava deixar o inferno para trás.
Sobretudo não se voltar para trás, como Orfeu.

Então, no coração das trevas soou uma melodia.
Inicialmente, mal conseguia distingui-la.
Era o renascimento da sua voz.
Ele começou a cantar baixinho.
Mais do que nunca, a música e a vida estavam ligadas.
Foi assim que Alfred se lançou no canto: para sobreviver.
Como pessoas se jogam no rio para morrer.

3

Ao lado de Alfred, Paula sentiu que fazia progressos.
Ela se deixava guiar totalmente por ele.
E às vezes se deixava maltratar.
Ele era capaz de interrompê-la em pleno *Lied*.
De injuriá-la por um erro de tempo.
Então, ela caía na gargalhada.
Ele levava muito a sério sua missão.
Como definir o que ele sentia?
Digamos que ele se sentia no lugar certo.
Alguma coisa o prendia ali.
Para dizer a verdade, estava apaixonado.
Ele escreveu algumas cartas inflamadas para Paula.
Ora, nem pense nisso.
Você gosta de estar comigo, mas não me ama.
Talvez ela não estivesse errada.
Alfred estava feliz simplesmente por sentir o coração bater.

Naquele dia, Charlotte voltou para casa mais cedo do que o previsto.
Queria conhecer o famoso professor de canto.
O mestre e a aluna não a ouviram chegar.
Paula soltava gritos estranhos, diante de um Alfred superexcitado.
Ele ergueu os braços como se quisesse tocar o teto.
Charlotte não cabia em si de espanto.
De novo, de novo, de novo! — desfechava Alfred.
Mas quase não se podia ouvi-lo, tão estridentes eram os gritos.

* * *

Charlotte pôs as mãos nos ouvidos.
Não ousava se mostrar nem prevenir sua presença.
Mas, de repente, Paula a viu e parou de gritar.
Ah, é a minha Lotte.
Venha, minha querida, venha cá.
Aproxime-se, quero lhe apresentar o senhor Wolfsohn.
Alfred, ela pode me chamar de Alfred, ora.
Charlotte avançou lentamente.
Tão lentamente que se poderia jurar que estava parada.

4

Terminada a aula, Alfred entrou no quarto de Charlotte.
Ela desenhava na sua mesa, mas parou com a entrada do visitante.
Ele observou o cômodo nos mínimos detalhes.
Então, você estuda nas Belas-Artes?
Sim.

Sim: a primeira palavra que ela dirigiu a esse homem.

Alfred começou a lhe fazer muitas perguntas.
Quais são os seus pintores preferidos?
Tem uma cor favorita?
Gosta da Renascença?
Apoiava os pintores degenerados?
Vai muito ao cinema?
Ele falava depressa demais, as palavras se acavalavam na sua boca.

Perdida, Charlotte misturava as respostas.
Respondia "malva" quando ele perguntava se assistira a *Metrópolis.*

Paula entrou no quarto.
Meu caro Wolfsohn, deixe essa criança em paz.
Eu a amo como minha filha, não a aborreça.
Ele não está me aborrecendo — respondeu Charlotte.
Era raro vê-la reagir assim.
Habitualmente, ela hesitava por um bom tempo.
Entre seus pensamentos e suas palavras.
Paula ficou surpresa.
Estaria com ciúmes?
Não, não estava apaixonada por Alfred.
Ao contrário, era bom que ele se interessasse por Charlotte.
Ela conhecia tão pouca gente.
Fechava-se no desenho, quase religiosamente.
E Paula saiu do quarto para deixá-los a sós.

Alfred examinou os esboços de Charlotte.
Ela se sentiu invadida pelo medo.
Por dentro, o seu corpo tremia.
Você tem um talento acima da média.
Um cumprimento que poderia parecer meio fraco.
Mas Charlotte considerou-o um encorajamento.
Aquele homem estava no seu quarto e era atencioso.
Um desenho atraiu o olhar do professor.
O que representou aqui?
Eu me inspirei num poema de Matthias Claudius.

Bom, está num quarteto de Schubert.
Ilustrei *A Morte e a Donzela.*
Alfred pareceu transtornado.
E disse simplesmente: a jovem e a morte, somos nós.

Charlotte pronunciou lentamente as palavras da Jovem:
Vá embora! Ah! Vá embora!
Longe de mim, cruel esqueleto.
Ainda sou jovem, deixe-me.
Não me toque.

E Alfred respondeu com o texto da Morte:

Dê-me a sua mão, bela e terna criatura.
Vim como amiga, não para puni-la.
Seja corajosa, eu não sou cruel.
Você dormirá tranquila nos meus braços.

Eles permaneceram um instante em silêncio.
Depois, sem acrescentar uma só palavra, Alfred saiu do quarto.
Charlotte se levantou e foi para perto da janela.
Um minuto depois, ela viu o professor na rua.
Será que ele se voltaria para olhá-la?
Não, que ideia absurda.
Ele já a devia ter esquecido.
Havia entrado só para dar bom-dia.
Uma questão de educação.
A maneira de ele olhar os desenhos era assim também?

Um puro momento de cortesia.
No entanto, ele parecia sincero.
Ela não sabia, não sabia mais nada.

Da janela, ela o viu se afastar na rua.
Ele não se virou, ficando cada vez menor.
Charlotte tentou acompanhá-lo o maior tempo possível.
Ao andar, ele mexia a cabeça.
Parecia falar sozinho.

5

Ao sair da Belas-Artes, Charlotte foi andando depressa.
Barbara tentou retê-la, mas não conseguiu.
Ela ficou sozinha e isso a deixou triste.
Charlotte costumava escutar tão bem.
Os ouvidos dela eram perfeitos poços de confidências.
Barbara lhe contava suas histórias e o beijo trocado com Klaus.
Mas ela sentia uma coisa estranha.
Embora a vida de Charlotte parecesse sinistra, às vezes a invejava.
Havia nela uma força tocante.
Seria esse o carisma das pessoas caladas?
Ou o poder triste que emanava dos excluídos?
Barbara conseguia tudo, exceto saber como era Charlotte.
E saiu correndo atrás da amiga.
Mas Charlotte já estava longe.

* * *

Sempre que podia Charlotte tentava cruzar com Alfred.
Quando chegava tarde demais, desabava na cama.
Desde que ele havia entrado no seu quarto, sentia-se submissa.
Submissa ao poder do olhar dele.
Pintava para ele, para obter sua aprovação.
Sentia-se idiota.
Já o tinha visto várias vezes.
Ele se limitara a um sorriso rápido.
Sem tempo de se interessar novamente por ela.
Será que o interesse dele havia durado somente um dia?
Talvez houvesse uma coerência naquilo tudo.
Se um país inteiro a rejeitava, o que deveria esperar de um homem?

Quando ela já não acreditava mais, Alfred reapareceu.
Sem bater, ele entrou no seu quarto.
Charlotte levantou a cabeça
Espero não estar incomodando.
Não, não, estava sonhando.
Tenho uma proposta a lhe fazer — emendou ele.
O tom era sério, quase autoritário.
Charlotte arregalou os olhos.
Veja, é delicado — começou ele.
Escrevi um texto... digamos... muito pessoal.
É, esse livro fala só de mim.
Eu acho que uma obra deve revelar o seu autor.
Não tenho nada contra a ficção.
Mas é puro divertimento.
E as pessoas precisam se divertir.
É uma maneira de não ver a verdade.

Enfim, eu lhe digo que isso não é importante.
Nós possuímos o sentido da desordem.
E nada é mais importante, compreende?
Cabe a nós decidir o momento propício para o caos.
E cabe a nós decidir a morte, evidentemente.
Resta-me a liberdade de agir contra o bom senso.
A você também, não é?

Sei que não vai me decepcionar.
Deposito em você uma grande esperança.

Alfred fez uma pausa.
Tudo o que ele pedisse, Charlotte faria.
A presença dele bastava para tornar intenso cada momento.
Eu queria que você ilustrasse o meu romance — disse ele, enfim.
Tratando-a subitamente com mais intimidade.
Sem nem esperar pela resposta, ele pegou sua sacola.
Para tirar um pacote de folhas cheias de garatujas.
Charlotte segurou o manuscrito com delicadeza.
E percorreu rapidamente as primeiras linhas.
Quando ergueu os olhos, ele havia desaparecido.

6

Charlotte leu várias vezes o texto de Alfred.
Anotando num caderninho as palavras-chave do livro.
Ele relembrava o tempo que havia passado sob um cadáver.
Podemos deixar tudo menos as nossas obsessões.

Inúmeras cenas pareciam sair das trevas.
Ela via beleza na expressão do medo.
Ela mesma não estava permanentemente assustada?
Quando andava, falava, respirava.
Era proibida de frequentar os parques e as piscinas.
Toda a cidade era um campo de batalha.
Uma prisão para o seu sangue.

Charlotte começou fazendo croquis.
Durante horas, dias e noites.
Toda sua vida estava entre parênteses.
Queria muito estar à altura da confiança dele.
Alfred marcou um encontro com ela.
Dentro de duas semanas, no café, perto da estação.
Assim poderiam se ver sem que Paula soubesse.

Quando chegou o dia, ela pôs um pouco de batom.
Será que ele zombaria dela?
Do seu desejo de ser feminina?
Finalmente, ela limpou a boca.
E se maquiou de novo.
Não sabia o que deveria fazer.
Para que um homem a achasse bonita.
Ninguém nunca olhava para ela.
Ou então, era ela que não percebia nada.
Barbara lhe havia dito que o seu Klaus achava Charlotte bonita.
Não, ele não dissera bonita.
Ele havia dito que o seu rosto era muito forte.
O que isso queria dizer?

Para o rapaz, era um cumprimento.
Ele achava Barbara bonita, mas sem originalidade.
Mas Charlotte estava pouco ligando.
O que ela queria era agradar a Alfred.

Ela esperou por ele no café, perto da estação central.
Ao marcarem um encontro ali, desafiavam a lei.
Sentada, os seus olhos fitavam o grande relógio.
Alfred estava atrasado.
Teria esquecido?
Ela teria se enganado de dia?
Não seria possível que ele não viesse.
Finalmente ele chegou, trinta minutos depois da hora marcada.
E se dirigiu rapidamente a Charlotte.
Nem mesmo a procurou com o olhar.
Como se instintivamente soubesse onde ela estava.
Assim que se sentou, já começou a falar.
Talvez sua frase houvesse começado depois de um momento.
Ele ergueu o braço para pedir uma cerveja.
Charlotte estava atordoada com o aparecimento dele.
Ele virava a cabeça para a direita, para a esquerda.
Como se estivesse atraído por tudo o que não fosse ela.

O garçom trouxe a bebida, que ele imediatamente virou.
De um trago, sem respirar entre os goles.
Somente depois se desculpou pelo atraso.
Charlotte disse que não tinha importância.
Mas ele não a escutou.
Começou a falar sobre Kafka.

Assim, era uma irrupção de Kafka.
Eu queria lhe contar, Charlotte, a minha revelação.
Toda a obra de Kafka repousa no assombro.
É o seu tema principal.
Se ler bem os livros dele, verá o assombro.
A transformação, a prisão, ele mesmo.
Charlotte não sabia o que responder.
Havia previsto algumas coisas para dizer, análises.
Estava preparada para falar do romance de Alfred.
Mas não de Kafka.
Sobre Kafka, ela não tinha palavras.

Felizmente, ele pediu para ver os desenhos.
Charlotte pegou a sua grande pasta, cheia de folhas.
Alfred ficou surpreso com a extensão do trabalho executado.
Ele pensou: essa moça deve me amar.
Poderia ficar satisfeito com isso.
Mas, naquele dia, alguma coisa o sufocava.
Seu humor chafurdava na lama.
Não era só o momento.
Ele deu uma olhada rápida no trabalho de Charlotte.
Em seguida, disse que não tinha tempo para emitir uma opinião.
A forma como ele agia era humilhante.
Por que agia assim?
Ele que era sempre tão gentil e tão afável.
Alfred se levantou e anunciou que ia embora.
De passagem pegou a pasta de desenhos.
Charlotte nem teve tempo de se levantar também.
Ele saiu rapidamente.

Estava acabado.

Poderíamos dizer que havia sido o rascunho de um encontro.

Charlotte ficou sozinha, estupefata.

Saiu do café cambaleando.

Fazia muito frio em Berlim.

Por onde deveria ir?

Não reconhecia mais nada.

Sua visão estava enevoada.

Por causa das lágrimas nos olhos.

Poderia se jogar de uma ponte.

E morrer na água gelada.

Sua dor se transformava em pulsões mórbidas.

Morrer, devia morrer o mais rápido possível.

De repente, um estranho sentimento a invadiu.

Precisava saber o que Alfred havia achado dos seus desenhos.

Poderia odiá-lo, mas não.

A opinião dele continuava a ser mais importante do que sua própria vida.

7

Os dias se passaram sem a menor notícia.

Charlotte não ousava perguntar à Paula qual a data da próxima aula.

Era preciso esperar tranquilamente.

De qualquer modo, Alfred voltaria.

O retorno era sua trajetória preferida.

* * *

Finalmente, ele estava lá.
Charlotte voltou para casa e ouviu Paula cantar.
Atravessou a sala sem fazer barulho, para não incomodá-los.
Mas bem lentamente para ser notada.
A felicidade do momento deixou-a amnésica.
Esqueceu todo o desapontamento do café.
Nada mais existia, só o êxtase de revê-lo.
Ela foi se sentar na cama, jovem dócil, e esperou.

Ele abriu a porta do quarto.
Como sempre, nem bateu.
Não havia fronteiras entre eles.
Queria me desculpar — disse ele, sem demora.
Pela brutalidade da minha atitude.
Ela gostaria de responder que não havia sido nada, mas não podia.

Não deve esperar nada de mim.
Está me ouvindo?
Charlotte acenou devagar com a cabeça.
Se me apressam, não posso dar nada.
Não suporto a ideia de ser esperado em algum lugar.
A liberdade é o slogan dos sobreviventes.
Alfred pôs a mão no rosto de Charlotte.
Antes preciso dizer: obrigado.
Obrigado pelos seus desenhos.
Eles são ingênuos, aproximativos, inconclusos.
Mas gostei deles pela força de promessa que possuem.
Gostei, pois ouvi sua voz ao olhar para eles.
Senti uma forma de perda e uma incerteza, também.

Talvez até o esboço de uma loucura.
Uma loucura doce e dócil, sensata e polida, mas real.
É isso.
O que eu queria dizer.
Estamos num belo começo.

Alfred saiu apertando-lhe a mão.
Ele compreendera que Charlotte se havia entregado totalmente.
Pela primeira vez, seus desenhos foram ditados pela necessidade.
Ela não executou, e sim viveu a obra.
Esse foi um momento fundamental para a jovem.
O homem que ela amava pôs palavras no seu frenesi.
O que ela havia acabado de vivenciar embriagava-a.
Agora, sabia aonde ir.
Sabia onde se ocultar, se proteger do ódio.
Poderia confessar que se sentia uma artista?
Artista.
Ela repetia essa palavra.
Sem ser, realmente, capaz de defini-la.
Pouco importava.
Nem sempre as palavras precisam de uma destinação.
Deixamos com que parem nas fronteiras das sensações.
Errante sem cabeça no espaço da desordem.
E é bem esse o privilégio dos artistas: viver na confusão.

Ela dava voltas pelo quarto.
Pulava na cama, ria como idiota.
Seu destino lhe pareceu fabuloso naquele momento.

O descomedimento tomou conta dela.
Sob a forma de uma febre.
Uma febre bem real.
Charlotte estava fervendo.

À noite, seu pai ficou muito preocupado.
Mediu a temperatura da filha.
E notou o ritmo estranho dos batimentos do seu pulso.
Então, fez inúmeras perguntas à Charlotte.
Ela havia saído pouco agasalhada?
Não.
Comeu alguma coisa que não lhe fez bem?
Não.
Está contrariada?
Não.
Alguém a insultou?
Não, papai.

Charlotte tranquilizou-o, dizendo que sentia melhor.
Havia sido uma crise passageira, estava tudo bem.
Mais calmo, ele beijou a filha.
E constatou que ela não estava mais nem um pouco quente.
Mesmo assim, era um fenômeno estranho.
Depois que ele se foi, Charlotte não conseguiu dormir.
Só ela sabia exatamente o que se havia passado no seu corpo.

8

Charlotte queria impressionar Alfred, isso era certo.
Mas sua esperança era complexa.
Depois da sensação de força, ela voltou a ficar em dúvida.
E passava o tempo se depreciando.
Não podia acreditar que despertava um verdadeiro interesse.
Com certeza o homem se daria conta da sua mediocridade.
Isso era evidente.
Ele a veria com olhar mais claro.
Morreria de rir, desmascarando sua fraude.

Ela queria se esconder embaixo do cobertor.
De repente, os encorajamentos se transformaram em medos.
Charlotte ficou terrivelmente assustada com a ideia de revê-lo.
Revê-lo seria se arriscar a decepcioná-lo.
Ele a desprezaria, estava escrito.
Então, ela sofreria.
Charlotte estava com muito medo.
Seria assim que se amava?

Quando reviu Alfred, ela estava de humor taciturno.
Seu corpo abrigava um exército de parênteses.
Há uma espécie de barreira à sua volta — disse ele.
Então, ele tentou fazê-la rir.
Tentou o absurdo, o grotesco, exageros nos gestos.
Charlotte esboçou um sorriso.
Era uma brecha na sua crispação.
Ninguém mais procurava diverti-la.

A atmosfera era sinistra há anos.
Todas as noites, o pai tentava esconder as humilhações do dia.
Paula parecia pensar na própria carreira.
No dia em que poderia viajar de novo.
Alfred não se parecia com eles.
Era um homem saído de outro lugar.
Não parecia respirar em 1938.

De novo, ele marcara um encontro num café.
Era a segunda vez que enfrentariam a proibição.
Não tinham o direito de ir lá, mas pouco importava.
Era um lugar particular.

Vários gatos passeavam entre as mesas.
E se esfregavam nas pernas dos clientes.
A atmosfera do lugar era a de um sonho desperto.
Com a densa fumaça que saía de alguns charutos.
Conheço todos os gatos que estão aqui — disse Alfred.
Batizei todos com nomes de músicos.
Ali está o pequeno Mahler e lá, o gordo Bach.
Olhe como Vivaldi ronrona.
E, claro, há o meu preferido.
É o Beethoven.
Você vai ver, ele é surdo como uma porta.
Chame-o, ofereça-lhe leite e ele nem vai se virar.
Um pouco embaraçada, Charlotte tentou atrair o gato.
De nada adiantou, ele não olhou para ela.
Piscava os olhos, quase dormindo.

* * *

Alfred continuou a humanizar os gatos.
E aproveitou para falar outra vez de Schubert.
Ambos relembraram novamente *A Morte e a Donzela*.
Um quarteto que os obcecava de maneira similar.
Alfred se lançou num monólogo sobre a vida do músico.
Você sabe, Schubert não era muito talentoso com as mulheres.
Ele era baixinho e se julgava disforme.
Com tudo o que compôs, não conhecia muito o sexo.
Morreu quase virgem.
Às vezes, sentimos isso ao ouvi-lo.
Suas melodias húngaras são as de um homem casto.
Não existe nada carnal em Schubert.
E ele dormiu com uma prostituta.
Que lhe transmitiu uma doença mortal.
A agonia dele durou anos.
Pobre Schubert, não é?
Enfim, agora ele tem um gato com o seu nome.
Apesar de tudo é uma forma de posteridade.

Charlotte estava atordoada.
Pensava em Schubert, claro.
Mas era outro ponto que a deixava ansiosa.
E você?
O que tem eu?
E você, Alfred, esteve com muitas mulheres?
Mulheres...
Sim, tive a possibilidade de conhecê-las.
Foi assim que ele respondeu.
De maneira evasiva.
E, em seguida, subitamente, corrigiu-se.

Sim, conheci mulheres.
Não poderia dizer quantas.
Mas todas foram importantes.
Isso não pode ser anódino.
Uma mulher nua na minha frente.
Uma mulher que abre a boca.
Respeitei cada uma delas.
Inclusive as efêmeras.

9

Charlotte esqueceu o resto do mundo.
A preocupação com a família.

Quando voltou para casa, o pai a esperava na sala.
Estaria aliviado ou furioso?
Certamente, uma mistura dos dois.
Um instante depois, Albert começou a gritar.
Onde estava?
Ao menos pensou em nós?
Na nossa preocupação, no nosso desespero?
Charlotte abaixou a cabeça.
Ela sabia que, à noite, tudo podia acontecer.
Se passasse por um controle, poderiam levá-la.
Podiam lhe bater, torturar, violentar, matar.
Ela se desculpou, mas não conseguiu chorar.
Limitou-se a dizer que estava sonhando.
Foi o primeiro álibi que lhe veio à cabeça.

Paula se aproximou para acalmar a situação.
Nunca mais faça isso conosco — disse ela.
Se quiser sonhar, venha sonhar aqui.

Charlotte prometeu tomar cuidado.
Mas isso não era vida para uma jovem.
Tinha vinte e um anos, queria ser livre.
O menor dos seus suspiros tinha de ser programado.
Qualquer improvisação era proibida.
Porém, no fundo, nada mais tinha importância naquela noite.
Ela estava feliz.
Poderia viver numa prisão, desde que ele estivesse lá.
Quando foi beijar o pai, ela deu um sorriso.
O rosto de Charlotte se iluminou.
Tentou refrear uma gargalhada.

Paula observou-a sem compreender.
Era a primeira vez que a via assim.
Em geral, era tão fechada!
Há dois minutos, ela estava à beira das lágrimas.

Charlotte se desculpou com sinceridade.
E eis que lhe surgia um sorriso.

Desculpem.
Desculpem — repetiu Charlotte, correndo para o quarto.
Paula e Albert se entreolharam, circunspectos.
Para não dizer inquietos.
Afinal, a demência era uma história familiar.

10

Alguns dias depois, eles voltaram a se encontrar em Wannsee.
Um lugar mágico de Berlim, com três lagos.
O tempo coberto havia expulsado todo o mundo.
Eles estavam sozinhos.
E Charlotte estava livre.
Desta vez, tinha avisado: vou para a casa da Barbara.

Sentaram-se num banco que lhes era proibido.
Os seus corpos ocultavam a inscrição.
NUR FÜR ARIER: só para arianos.
Com Alfred, Charlotte se sentia capaz de ousar.
Não aguento mais a nossa época — disse ela.
Essa época está durando demais.

A alguns metros do banco, ficava a vila Marlier.
Eles admiraram a beleza e a elegância da casa.
No dia 20 de janeiro de 1942, ali se encontrariam os altos dignitários nazistas.
Para uma pequena reunião de trabalho, dirigida por Reinhard Heydrich.
Os historiadores a chamaram de *conferência de Wannsee.*

Em duas horas seriam aperfeiçoadas as engrenagens da Solução Final.
Os métodos de exterminação definidos.
Pronto, agora tudo está claro.
Trabalhamos bem, senhores.

Já é hora de relaxarmos um pouco na sala.
Um conhaque muito bom foi servido.
Vamos degustá-lo com a sensação do dever cumprido.

Naquele dia, os homens da reunião foram perpetuados pelas fotos.
Eram imortais, ou melhor: não podiam ser esquecidos.
A vila tornou-se um lugar de memória.
Eu a visitei sob um sol radiante, em julho de 2004.
Pode-se atravessar o horror.
A longa mesa de reunião é assustadora.
Como se os objetos houvessem participado do crime.
O lugar ficará perpetuamente impregnado de terror.
Então era isso, *sentir um frio na espinha.*
Eu nunca havia compreendido essa expressão.
A manifestação física de uma ponta glacial.
Que percorre a coluna vertebral.

11

Alfred pegou a mão de Charlotte.
Vamos dar uma volta de barco.
Mas é certo que vai chover — respondeu ela.
E daí?
A chuva é realmente um perigo na Alemanha?
Eles subiram na embarcação.
E se deixaram derivar ao longo do grande lago.
O céu ficou escuro, como a penumbra num quarto.
Charlotte se deitou no barco.
Sentiu ainda mais prazer com o movimento da água.

Podia derivar para sempre.
A posição dela lembrou a Alfred uma obra de Michelangelo.
Uma escultura que se chama *A Noite*.
Um ideal diante dele.
A tempestade começou a ribombar.
O mundo é purificado pelo trovão — disse ele.
E se aproximou de Charlotte para beijá-la.

Perdidos no beijo, não escutavam nada.
Um homem gritava para que voltassem.
Eram loucos de permanecer sob o dilúvio.
Finalmente, voltaram à realidade.
O barco estava cheio de água.
Precisavam retornar rapidamente para a margem.
Com as mãos, Charlotte tentava retirar a água.
Enquanto Alfred remava.
Felizmente conseguiram chegar à beira do lago.
E desceram, rindo.
Sob o olhar espantado do locador do bote.
E saíram do parque correndo.
A chuva transformara-os em fugitivos.

12

Ela concordou em ir para a casa dele.
Encharcados, entraram no local miserável.
A decoração não tinha nenhuma importância.

* * *

Havia pilhas de livros pelo chão.
Ele lhe disse para se despir para não pegar um resfriado.
Charlotte obedeceu, sem nem mesmo pensar.

Ela achava que teria medo, foi o contrário.
Sentia a audácia lhe subir, na proporção do desejo.
Ele pronunciou: Charlotte.
Várias vezes.
Ela gostava do seu nome na boca dele.
Charlotte, de novo.

Estava nua, de pé.
Ele desceu com beijos ao longo do seu corpo.
Um passeio perdido entre a ternura e o suplício.
No entanto, suas loucas errâncias eram tão precisas!
Já roçavam a consagração sensual.
Charlotte se dobrou com os sim.
Alfred, meu amor.

Então, ele também se despiu.
E se dirigiram para a cama.
Passaram de um mundo para o outro.
Sem a menor transição.
Certas incertezas terminam em evidências.
Abraçaram-se e foi cáustico.
Quase uma mordedura do desejo.
Ele observou a jovem nua e oferecida.
Como uma prova fustigada pela vida.
Ele podia falar, sonhar, cantar, escrever, criar, morrer.
Mas é o único instante em que vale o sofrimento.

O vício sob a aparência da inocência.
O resto não tinha nenhuma importância.

Alfred sabia disso duplamente.
Ele era um artista e era um homem.

Quando ela se sentiu forte, foi uma devastação.
O corpo de Charlotte começou a tremer.
Havia sombras no seu rosto.
Era o passado que fugia.
Assustado pela hegemonia total do momento.
Ela se entregou, com mais força ainda.
Assim falou a sua felicidade.

Quinta Parte

1

O ano de 1938 também foi o ano da desintegração.
As últimas esperanças de Charlotte se despedaçaram.
Uma humilhação terrível a esperava.

Todas as primaveras era organizado um concurso na Belas-Artes.
Os alunos produziam uma obra sobre um tema definido.
Era o momento luminoso do ano.
O momento em que se distribuíam os prêmios e as honrarias.
Ludwig Bartning admirava Charlotte cada vez mais.
Estava feliz por ter lutado pela aceitação da moça.
Depois de alguns poucos meses, ela fazia excelentes progressos.
Não se tratava de uma melhora técnica.
É bem verdade que o seu desenho se aprimorava, tornava-se mais preciso.
Mas o que o impressionava era a desenvoltura de sua pupila.
Ela modificava todos os exercícios para exercer sua própria voz.
Singular, estranha, poética e, também, febril.
O desenho dizia o que ela era.
Não se percebia sua força à primeira vista.
Sua particularidade se ocultava em algum lugar, sob as cores.

O olhar de Ludwig era tragado.
Fazia muitos anos que não via aquilo.
Ninguém sabia disto, exceto ele.
Havia um gênio entre os estudantes.

O concurso era sempre anônimo.
Depois que as obras eram premiadas, dizia-se o nome dos autores.
Os professores se reuniram em volta de uma mesa.
Um quadro foi escolhido por unanimidade.
Pela primeira vez, a escolha foi rápida.
Era sempre um momento excitante.
Todos arriscavam o seu prognóstico.
Alguns nomes foram pronunciados.
Mas, no fundo, ninguém sabia realmente.
O vencedor havia embaralhado as pistas.
Ninguém reconheceu o traçado de um dos alunos.
Já era tempo de descobrir o artista.
Com o desenho, havia um envelope.
O professor que o abriu se calou.
Os outros se inclinaram para ele: e então?
Ele olhou para os colegas, como se quisesse preparar o efeito.
E anunciou com uma voz estrangulada.
O principal prêmio foi atribuído a Charlotte Salomon.

Imediatamente, um mal-estar se instalou.
Ela não poderia receber o prêmio.
A cerimônia era acompanhada por muita gente.
Acusariam a escola de tender para o judaísmo.
A própria laureada ficaria muito exposta.

Imediatamente, ela se tornaria um alvo.
E corria o risco de ser presa.

Ludwig Bartning compreendeu a gravidade da situação.
Alguém sugeriu: e se votássemos de novo?
Não, seria muito injusto.
Podemos privá-la do prêmio, mas não da vitória.
Eis o que disse o seu defensor.
Ele lutou por ela como podia.
Seu apoio a Charlotte poderia lhe ser fatal.
Tudo se sabia, ninguém se calava.
Finalmente, sua coragem foi recompensada.
Pois ele obteve a validação do prêmio.

Uma hora depois, ele esperou por Charlotte no grande hall.
Fez-lhe um sinal com a mão.
Ela se aproximou, sempre com aquela timidez nos passos.
Ele não sabia por onde começar.
Aquele devia ser um momento de alegria.
No entanto, ele estava com o rosto desfeito.
Finalmente, anunciou que ela era a laureada.
Mas não lhe deu tempo para expressar sua felicidade.
Ele atenuou a notícia com a decisão dos professores.
Ela não poderia receber o troféu.
Duas emoções contraditórias sacudiram Charlotte.
Era uma alegria e um sofrimento.
Ela admitiu que não podia se expor.
Há dois anos, era uma sombra.
Mas, naquele dia, era imensamente injusto.

* * *

Ele explicou que sua obra seria premiada.
Mas outra pessoa iria buscar o prêmio.
Quem? — perguntou Charlotte.
Não sei — respondeu Ludwig.
Barbara.
Esse foi o nome que Charlotte propôs.
Barbara.
Tem certeza? — perguntou ele.
Certeza.
Por que ela?
Ela já tem tudo, então devemos lhe dar mais — respondeu Charlotte.

Três dias depois, Barbara subiu no estrado.
Três dias de lágrimas para Charlotte.
A laureada loura era toda sorrisos.
E aceitou o prêmio que não era dela.
Sem demonstrar embaraço.
Parecia que acreditava mesmo ser a ganhadora.
Ela agradeceu aos pais e aos amigos.
Também devia agradecer ao seu país, pensou Charlotte.
Que, humilhada, observou a encenação.

Bem no meio da cerimônia, ela fugiu.
Ludwig seguiu-a com o olhar.
Queria ir buscá-la, apoiá-la novamente.
Mas ela partira muito rápido.
No máximo, ouviu o barulho dos aplausos.
No momento em que saía da Academia.

* * *

Charlotte correu até seu apartamento.
Uma vez no quarto, permaneceu imóvel na cama.
Depois se levantou para amassar seus desenhos.
E rasgou alguns.
Atraída pelo barulho, Paula foi se juntar a ela.
Mas o que está fazendo?
O que aconteceu?
Nunca mais voltarei à Belas Artes — disse ela friamente.

2

Charlotte passava dias inteiros sentada na cama.
Alfred estava no centro de todos os seus pensamentos.
Havia se tornado uma obsessão.
Depois, ela desenhou o rosto dele, infinitamente.
Centenas de croquis do seu amor.
Também se lembrou de todas as suas palavras.
O presente começou a tomar forma do sempre.

Depois da primeira noite, ele havia desaparecido de novo.
Nenhuma notícia.
E já não dava mais aulas para sua madrasta.
Charlotte tinha de aceitar esse silêncio.
Não deve esperar nada de mim — dissera ele.
Mas era muito duro.
Estava acima de suas forças.
Ela se vestiu para sair.
Anunciou à madrasta que ia ver uma amiga.

* * *

Era sempre perigoso sair à noite.
Podia passar por um controle, claro.
Mas o risco não era tão grande.
Um sorriso, às vezes, podia substituir os documentos.
Sobretudo quando se tinha a aparência de uma ariana.
Era o caso de Charlotte.
Seus cabelos eram castanho-claro, e os olhos, também.
Sem esse sangue ruim, ela seria livre para viver.
E saiu andando na noite escura.

Até chegar em frente à casa dele.
Ela ficou parada na penumbra, com o coração febril.
Não queria entrar, apenas vê-lo.
Além do mais, sabia que ele não a perdoaria por se impor.
Prometera a si mesma nunca fazer isso.
Respeitar totalmente a liberdade dele.
Mas por que ele não dava notícias?
Talvez houvesse mentido sobre os seus sentimentos?
A noite com ela havia sido terrível e decepcionante.
E ele não ousara lhe dizer.
Com certeza era isso.
Só podia ser isso.
Talvez ele até houvesse esquecido o seu nome.
Ele, que tanto gostava de dizer: Charlotte.

Naquele instante, ela o distinguiu por detrás do vidro da janela.
A simples visão da sombra de Alfred a deixou perturbada.
A sala estava iluminada por uma vela.
Alfred aparecia e desaparecia no ritmo dos seus movimentos.
Isso conferia à realidade a improbabilidade do sonho.

Foi então que uma silhueta apareceu em cena.
Uma mulher parecia perambular pela sala.
Com obstinação, procurava alguma coisa.
Depois, sem transição, ela se atirou para cima de Alfred.
Charlotte não respirava mais.
No entanto, sabia que Alfred era livre.
Nunca prometera lhe pertencer.
Eles não formavam um casal.
Tinham vivido alguns momentos, apenas.

Havia começado a chover de novo.
Era sempre assim: quando eles ficavam próximos, chovia.

O céu se cobria para os seus encontros.
Charlotte não conseguia se mover, se proteger da água.
Alfred parecia terrivelmente aborrecido.
Ele segurou firme a mulher pelo braço.
E acompanhou-a até a saída.

Estavam do lado de fora, a alguns metros de Charlotte.
A moça implorava, mas o quê?
Com certeza dizia que era impossível ir embora com aquela chuva.
Alfred insistiu, empurrou-a com gestos de um louco.
Ela se resignou, cabisbaixa.
Ele não se mexeu, provavelmente aliviado.
Depois de um momento, Alfred virou a cabeça.
E viu Charlotte.

Ele lhe fez sinal para se aproximar.
Ela atravessou lentamente a rua deserta.

O que faz aqui? — perguntou ele, friamente.
Já sabia a resposta.
Queria vê-lo, não tinha notícias.
Eu ia escrever, não devia ter pressa.
Ele hesitou um instante, antes de propor que ela entrasse.
O coração de Charlotte batia muito forte.
Ia voltar ao seu reino.
Ao chão daquele quarto miserável.
Onde, talvez, fizessem amor mais uma vez.

Por um momento, ela se sentou na beirada de uma cadeira.
Imóvel no seu embaraço.
Charlotte se desculpou por ter infringido a regra.
E percebeu que ele estava bem irritado.
Nunca deveria ter ido lá.

Estava tudo acabado por culpa sua.
Havia nascido para estragar suas próprias alegrias.
Então, por que insistira ao perguntar:
E essa mulher?
Não me faça perguntas, Charlotte.
Nunca, ouviu?
Nunca.
Mas, desta vez, vou responder.
Essa mulher é minha noiva.
Ela veio buscar algumas coisas, nada mais.
Parecia estar sofrendo — respondeu Charlotte.
E daí?
Tenho de me preocupar com o sofrimento dos outros?
Depois de um tempo, ele acrescentou: nunca mais faça isso.

O quê?

Aparecer, assim.

Se me pressionar, vai me perder.

Desculpe, desculpe — repetiu ela.

Porém, ousou de novo: mas você a ama?

Quem?

Ora, essa mulher...

Não me pergunte nada.

Não há tempo na vida para esse tipo de cena.

Se quer saber, estamos separados.

Ela veio buscar um livro esquecido.

Mas se eu estivesse com ela, isso não mudaria nada.

Charlotte não compreendeu muito bem o que ele dissera.

Mas isso não tinha importância.

Simplesmente, ela sabia que se sentia bem ali, com ele.

Quantas vezes experimentamos esse sentimento?

Uma vez, duas vezes, nunca.

Ela tremia de frio.

Batia os dentes.

Finalmente, ele se aproximou para aquecê-la.

3

Qual teria sido a lógica do seu mutismo?

Sendo que ele parecia maravilhado por revê-la.

Passou longos minutos contemplando-a.

Poder-se-ia pensar na origem do momento.

Acreditar que ele fizera tudo para encontrá-la.
Era incompreensível.
Charlotte se perdia num labirinto de análises estéreis.
Isso não adiantava nada.
Ela queria se oferecer e nada mais.
Ele foi mais bruto do que da vez anterior.
Puxava o cabelo dela com uma força amorosa.
Charlotte abriu a boca.
E viajou ao longo do torso do amado.
A energia que ela punha em lhe dar prazer o emocionou.
Agora o amava loucamente.
Era uma esperança que percorria sua garganta.
Parecia saber muito bem do que ele gostava.

Feliz, Charlotte adormeceu.
Ele ainda a olhava, uma criança com a selvageria acalmada.
Era preciso sobreviver por esse momento.
Alfred mergulhou o rosto nos cabelos de Charlotte.
Uma imagem lhe veio à mente.
A de um quadro de Munch:
Cabeça de homem no cabelo da mulher.

Ele ficou assim por um momento, antes de se levantar.
Foi para a sua mesa de trabalho e começou a escrever.
Poemas ou simplesmente frases órfãs.
Algumas páginas inspiradas na beleza.
Charlotte acordou.
Teria ouvido o tumulto dos pensamentos do amante?
Aproximou-se das palavras escritas.
Alfred disse: isto é para você.

Deve lê-las imaginando uma música de Schubert.
Sim, sim, sim — disse ela, pensando nos *Impromptus.*
Começando a leitura, as palavras vieram até ela.
Nem sempre cabe ao leitor ir em direção às frases.
Sobretudo as de Alfred, potentes e indomáveis.
Charlotte sublinhou cada uma delas mentalmente.
Ele falava dela e dele, e era a história de um mundo.
Era o *Impromptu* em sol bemol maior de Schubert.
Eles eram o bemol dos reclusos e o sol maior das evidências.

Ela tentou ficar com uma página, mas Alfred a impediu.
Ele pegou todas as folhas.
E as jogou no fogo.
Charlotte gritou.
Por quê?!
De repente.
Num segundo.
Sendo que ele devia ter levado horas para escrevê-las.
Ela chorou.
Estava desesperada.
Ninguém lhe havia escrito palavras como aquelas.
E eis que elas não existiam mais.

Alfred a tomou nos braços.
Disse que aquilo existia e existiria sempre.
Não numa forma material.
Mas na lembrança.
Aquilo existiria como a música de Schubert.
A música que não ouvimos, mas que estava lá.
Ele continuou a lhe explicar a beleza do gesto.

O essencial era que aquelas palavras tivessem sido escritas.
O resto não tinha importância.
Não devemos mais deixar provas para os cães.
Temos de guardar os nossos livros e as nossas lembranças em nós.

4

No mesmo instante, na França, um homem se levantou.
Ele se olhou no espelho do quarto.
Fazia muito tempo que não se reconhecia mais.
Podia apenas dizer o seu nome: Herschel Grynszpan.

Judeu polonês de dezessete anos, obrigado ao exílio, vivia em Paris.
Acabara de receber uma carta desesperada da irmã.
Toda sua família fora expulsa.
Sem aviso prévio, eles tiveram de deixar o país.
Estavam num campo de refugiados.
Há muito tempo, a vida de Grynszpan era só humilhação.
Levava a existência de um rato, pensou ele.
Então, naquela manhã de 7 de novembro de 1938, ele escreveu:
Preciso protestar para que o mundo inteiro ouça o meu grito.

Armado de uma pistola, entrou na embaixada da Alemanha.
Com o pretexto de uma reunião, adentrou o escritório de um conselheiro.

Depois, diriam que se tratava de um acerto de contas.
Uma história íntima e sexual que acabara mal.

Isso importa?
Naquele instante só o ódio contava.
O terceiro conselheiro, Ernst vom Rath, ficou lívido.
Não havia dúvidas quanto à determinação do rapaz.
No entanto, aquele com desejos de morte tremia.
Suas mãos estavam úmidas.
A cena parecia se prolongar indefinidamente.
Mas não.
Ele atirou.
E abateu o alemão à queima-roupa.
Vários tiros sucessivos.
A cabeça do conselheiro se chocou com a mesa.
Provocando uma fissura na têmpora.
O sangue escorreu pelo chão.
Um mar vermelho se formou em volta do atirador.
Os oficiais entraram.
O atirador não tentou fugir.

A notícia se espalhou imediatamente por Berlim.
O Führer foi tomado por uma cólera violenta.
A vingança deveria ser imediata.
Como ele ousara?
Rapidamente, devia esmagar aquele verme.
Ou não.
Ele, não.
E sim todos.
Era uma raça.
Ela se espalhava.
Foram todos os judeus que mataram vom Rath.

* * *

À raiva se misturou o prazer.
O prazer das represálias.

A violência foi total.
Assim começou *A Noite dos Cristais.*
De 9 para 10 de novembro de 1938.
Os cemitérios foram profanados.
Os bens, reduzidos a pó.
Milhares de lojas foram depredadas.
As mercadorias, saqueadas.
Alguns foram forçados a cantar diante das sinagogas em chamas.
Depois suas barbas eram queimadas.
Alguns apanhavam até a morte em cenas teatrais.
Os cadáveres se amontoavam como dejetos.
Milhares de homens foram internados nos campos.
Milhares.
Entre eles, o pai de Charlotte.

5

A família Salomon almoçava em silêncio.
Bateram na porta.
Charlotte olhou para o pai.
Cada ruído era uma ameaça.
Aquele não podia ser diferente.
Todos permaneceram ao redor da mesa.
Sem se mexerem, imobilizados pelo medo.
Bateram de novo.
Batidas mais incisivas.

Era preciso fazer alguma coisa.
Caso contrário, eles forçariam a porta.
Finalmente, Albert se levantou.
Dois homens de terno cinza entraram.
Albert Salomon?
Sim.
Queira nos acompanhar.
Aonde vamos?
Não faça perguntas.
Posso pegar algumas coisas?
Não lhe servirão de nada, apresse-se.

Paula tentou intervir.
Albert lhe fez sinal para se calar.
Era melhor evitar problemas.
Ao menor aborrecimento, eles atirariam.
Só queriam ele, só isso.
Certamente para um interrogatório.
Não levaria muito tempo.
Eles veriam que Albert era um herói de guerra.
Havia dado o seu sangue pela Alemanha.

Albert vestiu o casacão e pôs o chapéu.
E se virou para beijar a mulher e a filha.
Pare de embromar!
Os seus beijos foram fugidios, roubados.
Ele saiu do apartamento sem se virar.
Charlotte e Paula se abraçaram.
Não sabiam por que o tinham levado.
Não sabiam para onde o levavam.

Não sabiam por quanto tempo.
Não sabiam nada.
Kafka havia escrito em *O Processo.*

O herói, Joseph K., é preso sem razão.
Assim como Albert, ele prefere não resistir.
A única atitude sensata é se adaptar ao estado das coisas.
Então era isso.
Era "o estado das coisas".
Não havia nada a fazer contra o estado das coisas.
Porém, até onde iria esse estado?
O processo parecia irremediável.
Já estava tudo escrito no romance.
Joseph K. é morto como um cachorro.
Como se a *vergonha devesse sobreviver a ele.*

6

Sem a menor explicação, Albert foi jogado em Sachsenhausen.
Um campo de concentração ao norte de Berlim.
Ele foi encerrado numa peça exígua com outros homens.
Albert reconheceu alguns deles.
Trocaram algumas palavras para se tranquilizarem.
Encenaram as lastimáveis cenas de otimismo.
Mas ninguém acreditava nisso.
A coisa estava indo muito longe no momento.
Deixaram-nos extenuados, sem beber, sem comer.
Por que ninguém ia vê-los?
Como podiam ser tratados assim pelos próprios compatriotas?

Depois de muitas horas, alguns oficiais apareceram.
Eles abriram o barracão.
Alguns protestos se elevaram.
Os contestatários foram imediatamente levados.
E arrastados até o outro lado do campo.
Nunca mais foram vistos.

Explicaram aos prisioneiros que seriam interrogados.
Deviam formar uma fila.
De pé, no frio, eles esperaram durante horas.
Alguns eram muito idosos ou estavam muito doentes para resistir.
Os que caíam eram transportados para outro lugar.
Eles, também, nunca mais foram vistos.
Os nazistas ainda não executavam em pleno dia.
Os insubordinados eram abatidos no pátio dos fundos.
Albert se posicionou no meio da linha dos homens dignos.
Sim, eles eram dignos.
A vontade era de não dar nada além do que lhes sobrava de dor.
Era a única coisa que se podia conservar.
Quando não se tem mais nada.
A vontade de se manter firme.

Chegara a vez dele.
Ele ficou frente a frente com um rapaz que poderia ser seu filho.
Você é médico — disse ele, gargalhando.
Sim.
Não me surpreende, um verdadeiro trabalho de judeu.
Aqui, você não vai mais ficar de braços cruzados, maldito indolente!
Como podiam tratá-lo de indolente, ele?

Havia trabalhado a vida inteira como um condenado.
Para o progresso da medicina.
Se o fedelho não morresse de úlcera, seria graças a ele.
Albert abaixou os olhos, era demais para suportar.
Olhe para mim! — gritou o jovem nazista.
Olhe para mim quando falo com você, seu verme!
Albert levantou a cabeça, como uma marionete.
Pegou a folha de papel que lhe entregaram.
Leu o número do seu dormitório e o de sua matrícula.
Não tinha mais o direito de ter um nome.

Os primeiros dias foram terríveis.
Albert não estava acostumado com o trabalho físico.
Estava extenuado, mas sabia que precisava aguentar.
Cair seria correr o risco de partir.
Partir para o lugar de onde ninguém voltava.
A exaustão destruía sua capacidade de pensar.
Em certos momentos, acontecia de não saber mais nada.
Não sabia mais onde estava nem quem era.
Como quando acordamos de um pesadelo.
Precisava de alguns segundos para se reintegrar à realidade.
Albert ficava por longas horas nessa zona.
Na zona onde a consciência vagueia.

Charlotte e Paula estavam esgotadas pela lucidez.
Consumidas pela ausência de notícias.
Como centenas de mulheres, elas foram ao comissariado.
Embaixo do prédio, o protesto feminino era imenso.
Onde estão os nossos maridos?
Onde estão os nossos pais?

Suplicavam por informações.
Pediam uma prova de vida.
Charlotte conseguiu entrar num escritório.
Trouxera um cobertor bem quente.
Eu queria levá-lo para o meu pai — suplicou ela.
Os oficiais se esforçaram para não rir.
Qual é o nome dele? — perguntou, finalmente, um nazista.
Albert Salomon.
Muito bem, pode ir, nós cuidaremos disso.
Mas eu queria entregá-lo, por favor.
É impossível.
Nenhuma visita é permitida, por enquanto.
Charlotte sabia que não devia insistir.
Para que o cobertor chegasse até o seu pai, ela devia se calar.
E saiu em silêncio.
Alguns segundos depois, os oficiais se divertiram.
Oh, que bonitinha!
Uma pequena judia que quer cuidar do papai querido.
Ah... Oh... Ah... — escarneciam eles.
Enquanto limpavam no cobertor as botas cheias de lama.

7

Semanas se passaram.
Ouviam-se os piores rumores sobre a sorte dos presos.
Falava-se de centenas de mortes.
Paula e Charlotte ainda não tinham nenhuma notícia.
Será que Albert ainda estaria vivo?

A cantora tentou de tudo para libertar o marido.
Ainda tinha alguns admiradores na hierarquia nazista.
Eles veriam como poderiam ajudar.
É complicado, não soltam ninguém.
Por favor, eu suplico.
Era uma imploração incessante.

Durante os dias de espera insuportável, Alfred estava presente.
Ele as distraía como podia.
Assim que Paula virava as costas, ele enlaçava Charlotte.
Mas ele próprio era consumido pela angústia.
As prisões haviam visado às elites em primeiro lugar.
Os intelectuais, os artistas, os professores e os médicos.
Em breve, atacariam aqueles que não eram nada.
Então, ele estaria na primeira fila.

Todo mundo tentava fugir.
Mas para onde?
Como?
As fronteiras estavam fechadas.
Só Charlotte poderia partir.
Antes dos vinte e dois anos, era possível.
Para sair do território não era preciso um passaporte.
Ainda lhe restavam alguns meses.
Seus avós estavam a par dos últimos acontecimentos.
Nas cartas, suplicavam a Charlotte que fosse encontrá-los.
Aqui, no sul da França, é o paraíso.
Ela não podia permanecer na Alemanha.
Estava ficando muito arriscado.

Paula compartilhava da opinião deles.
Mas Charlotte não podia partir assim.
Sem rever o pai.
Para dizer a verdade, era uma desculpa.
Sua decisão havia sido tomada.
Nunca iria embora.
Por uma simples razão: nunca deixaria Alfred.

Os esforços de Paula acabaram sendo recompensados.
Depois de quatro meses, Albert foi libertado do campo.
Ele voltou para casa, mas não era mais o mesmo.
Horrivelmente magro, abatido, ele se deitou na cama.
Paula puxou as cortinas e o deixou dormir.
Charlotte ficou em estado de choque.
Ficou ao lado dele durante horas.
Lutando para não se deixar invadir pelo desespero.

A respiração difícil do pai a preocupava.
Velando-o, ela experimentou um estranho sentimento.
O de poder protegê-lo da morte.
Lentamente, ele foi recuperando as forças.
Mas quase não falava.
Dormia os dias inteiros.
Ele, que tanto gostava de ficar acordado à noite para trabalhar.
Uma manhã, ao abrir os olhos, ele chamou a mulher.
Paula chegou imediatamente.
O que, meu amor?
Ele abriu a boca, mas não saiu nenhum som.
Não conseguia dizer o que queria.
Finalmente, emitiu um som, um nome: Charlotte...

O que tem a Charlotte?
Charlotte... ela precisa... ir embora.
Paula sabia que essas palavras o faziam sofrer.
Mais do que nunca, ele precisava da filha ao seu lado.
Mas, agora, sabia que não havia mais esperança.
Ele havia estado na primeira fila do horror.
Era preciso fugir, rapidamente.
Enquanto ainda era possível.

8

Charlotte recusou, claro.
Não queria ir embora, não podia.
Insistiram, não havia mais tempo a perder.
Não, eu não quero deixá-lo — repetia ela.
Quando tivermos documentos falsificados, iremos encontrá-la — garantiram.
Não, eu não quero, não, eu não quero.
Paula e Albert não compreendiam.
Só Alfred sabia a verdade.
Achava a atitude dela absurda, excessiva.
Nenhum amor valia o risco da morte, pensava ele.
E, ali, era a morte que os aguardava.

Charlotte não escutava.
Fazia o que sua cabeça mandava, ou melhor, seu coração.
Não cessava de repetir: não posso deixá-lo.
Seria um sofrimento atroz, compreenda como eu o amo.

Ele lhe tomou as mãos.
Claro que podia compreendê-la.
Amava o seu temperamento exaltado e febricitante.
A beleza de um amor mais forte do que o medo.
Porém, essa não era a questão.
Ele não tinha outra escolha senão ameaçá-la.
Se você não partir, não a verei mais.

Ela conhecia Alfred muito bem.
Não eram palavras à toa.
Se não fugisse, ele desapareceria da sua vida.
Era a única chantagem que ela podia compreender.
Ele também prometeu encontrá-la no sul da França.
Mas como você vai fazer?
Tenho os meus contatos — garantiu-o.
Como acreditar?
Ela não aguentava mais.
Não queria deixar sua vida.
Havia nascido ali.
Por que deveria enfrentar mais um sofrimento?
Preferia morrer a partir.
E pensava seriamente nisso.

O pai pediu para vê-la.
Ele tomou-lhe a mão, debilmente.
E repetiu: por favor, você precisa ir embora.
Uma lágrima escapou do olho dele.
Era a primeira vez que ela via o pai chorar.
O mundo vacilava no seu rosto.
Charlotte puxou um lenço para secar a lágrima.

Albert pensou, subitamente, em Franziska.
Essa cena foi um eco do encontro deles.
Quando ela pegou um lenço para assoá-lo.
Quando ele estava em plena operação, perto do campo de batalha.
As duas cenas ressoaram nele.
Mãe e filha reunidas num gesto.
E ele compreendeu que era o fim do movimento.
Com *aquele gesto*, Charlotte aceitava partir.

9

Havia as circunstâncias práticas da fuga.
Paula pediu aos avós que escrevessem cartas falsas.
Nelas se podia ler que a avó ia morrer.
Muito doente, queria rever a neta.
Armada dessa prova, Charlotte foi ao consulado francês.
E conseguiu um visto por alguns dias.
Pronto, os papéis estavam em ordem.

Ela viveu as últimas horas mecanicamente.
Permanecia imóvel diante da mala.
Uma mala bem pequena, álibi de uma curta viagem.
Só poderia levar poucas coisas.
Era obrigada a escolher as lembranças.
Que livro escolher?
Que desenho?
Finalmente, decidiu levar um disco de Paula.
Uma versão de *Carmem* de que ela gostava muito.
Que lhe fazia lembrar de um tempo feliz.

* * *

Charlotte foi sozinha ao cemitério dizer adeus à mãe.
Durante meses, havia acreditado que ela se tornara um anjo.
Imaginava-a no céu de Berlim.
Com as asas do desejo.
Agora, tudo havia acabado.
Charlotte enfrentava a realidade.
O céu estava vazio.
E o corpo de sua mãe se decompunha ali.
Aquele túmulo continha suas ossadas.

Será que, ao menos, se lembraria do seu calor?
Quando a mãe a pegava no colo.
Para lhe cantar as músicas.
Não, nada parecia ter existido.
Exceto as suas lembranças ali.
Quando lia o próprio nome no túmulo da tia.
Charlotte, a primeira Charlotte.
As duas irmãs estavam reunidas para sempre.
Ela pôs uma rosa branca em cada túmulo.
E foi embora.

Com o pai, ela chorou.
Ele estava muito fraco para acompanhá-la à estação.
Eles se consolaram com as palavras *até breve.*
Em breve, eles se veriam.
Em breve, tudo ficaria bem.
Seu pai era muito fechado.
Ele não se sentia à vontade com a ternura.
Mas, naquele dia, suspirou desmesuradamente pela filha.
Como se quisesse conservar um tesouro.

E mantê-la o maior tempo possível nele.
Charlotte beijou o pai por um longo tempo.
Deixando nele uma marca.
Não de batom.
Mas por ter pressionado os lábios com força.

10

Muitos policiais patrulhavam na plataforma da estação.
Cercada de Paula e de Alfred, Charlotte precisou conter a emoção.
Uma efusão insistente atrairia os olhares.
O trio seria interrogado.
Por que chora tanto essa jovem?
Ela parte só por uma semana, não é?
Por isso, não, não devia pôr o plano em perigo.
Era preciso se manter digna e firme.
Arrancar o coração com desenvoltura.
Charlotte queria manifestar seu sofrimento.
Era impossível.
Estava deixando tudo.
Seu pai, Paula, o túmulo da mãe.
Deixava suas lembranças, sua vida, sua infância.
Sobretudo, deixava ele.
Seu grande e único amor.
Ele, que era tudo aos seus olhos.
Seu amante e sua alma.

Alfred disfarçava a emoção com dificuldade.
Normalmente tão falante, estava calado.

O que ele sentia era inédito demais para ser definido.
A fumaça que saía do trem enevoava a cena.
Mais do que nunca, a plataforma da estação parecia uma praia.
O cenário ideal para o final supremo.
Alfred aproximou a boca do ouvido de Charlotte.
Ela achou que ele ia dizer: eu te amo.
Mas não.
Ele murmurou uma frase mais importante.
Uma frase na qual ela pensaria o tempo todo.
Que seria a essência da sua obsessão.

Nunca se esqueça de que acredito em você.

Sexta Parte

1

Charlotte ficou olhando a plataforma desaparecer.
Com a cabeça para fora, fustigada pelo vento.
No compartimento, uma voz seca se fez ouvir.
Senhorita, poderia fechá-la?
Charlotte obedeceu a contragosto e sentou-se no seu lugar.
Ela retinha as lágrimas olhando desfilar a paisagem.
Alguns passageiros lhe falaram, e ela respondia laconicamente.
Fazia de tudo para levar a conversa a um impasse.
Deviam achá-la mal-educada ou mesmo arrogante.
Pouco importava o que pensavam.
Isso não tinha mais importância.

Na fronteira francesa examinaram seus documentos.
Interrogaram-na sobre as razões da sua viagem.
Vou visitar a minha avó doente.
O aduaneiro lhe dirigiu um grande sorriso.
Não era difícil bancar a gentil ariana.
Na pele dessa personagem, era tudo maravilhoso.
Era um mundo em que ninguém lhe cuspia no rosto.
Era o mundo de Barbara.

Em que se é amada, encorajada, honrada.
Até mesmo lhe desejavam boa sorte.

O trem chegou a Paris.
Por alguns segundos, ela ficou maravilhada.
Por aquele nome: Paris.
Pela promessa da França.
Mas precisava correr para não perder o outro trem.
Tomou seu lugar no último momento.
De novo, tentaram conversar com ela.
Mas ela fez sinal de que não entendia.
Era a vantagem de se estar no estrangeiro.
Uma vez que sabem que você não fala a língua deles.
Ninguém mais se dirige a você.

Ela ficou fascinada pela beleza dos campos atravessados pelo trem.
Há mais cores neste país, pensou ela.
Charlotte sabia que vários pintores haviam seguido esse caminho
Para encontrar a luz no sul da França.
Aquela luz amarela e envolvente.
Será que experimentaria a mesma sensação?
Sendo que um véu negro passava sem cessar diante dos seus olhos.
A barriga começou a incomodá-la.
Ela ficou surpresa com o despertar do corpo.
Se estava com fome, significava que tudo o que vivia era real.
Uma vizinha lhe deu uma maçã.
Ela a devorou, voraz, esfomeada.
E comeu até mesmo o miolo da fruta.
A mulher ficou assustada.
Não esperava tamanho apetite.

Charlotte lhe deu um pouco de medo.
Por causa de uma maçã comida com muita rapidez.

Ao chegar a Nice, Charlotte pediu informações no guichê.
Mostrou os seus papéis: Villefranche-sur-Mer.
Indicaram-lhe um ônibus, ela se instalou na parte da frente.
Temia se perder, não descer no lugar certo.
Mostrou de novo os documentos, desta vez para o motorista.
Trinta minutos depois, ele lhe fez sinal de que havia chegado.
Charlotte desceu dizendo em francês: merci.
Uma vez sozinha, repetiu interiormente: merci.
Era uma sensação agradável usar outra língua.
Sobretudo quando a sua estava arruinada.
O exílio não era uma questão de lugar.
Aquele *merci* a protegia.

De novo, ela perguntou o caminho para uma mulher.
Que conhecia muito bem a casa de Ottilie Moore.
Certamente, como todos os habitantes.
A rica americana era famosa na região.
Recebia inúmeros órfãos.
Ela lhes dava aulas de dança e mesmo de circo.
Charlotte só tinha de seguir por aquela rua em zigue-zague.
Encontraria facilmente.

Fazia calor, o caminho era uma subida.
Seriam os últimos esforços de um longo périplo.
Em breve, beijaria os avós.
Não pudera avisá-los do dia da sua chegada.
Eles ficariam surpresos com o seu aparecimento.

Fazia muito tempo que não os via.
Teriam mudado muito?
E, principalmente, não a reconheceriam.
Haviam deixado uma adolescente e eis que já era uma moça.
Apesar da tristeza, estava intensamente excitada.

Finalmente, ela chegou diante do Ermitage.
Era uma residência magnífica, bem no alto.
Tinha um jardim com aspecto de paraíso.
Por detrás das folhagens, ela viu crianças correndo.
Também ouviu as suas risadas.
Charlotte não se sentia capaz de tocar a campainha no portão.
Uma nova vida a esperava ali.
Bastava vencer alguns metros.
Para ir em direção ao desconhecido.

Alguma coisa a retinha.
Era uma força atrás dela.
Tinha quase a impressão de que a chamavam.
Arrebatada, ela se virou.
E viu o brilho majestoso do Mediterrâneo.
Charlotte nunca vira nada tão bonito.

2

Alguns minutos depois, ela estava no jardim.
Cercada pelas crianças que festejavam a sua chegada.
Ottilie Moore pediu que se acalmassem.
Charlotte precisava descansar, estava exausta.

Vittoria Bravi, a cozinheira, preparou uma limonada.
No centro dessa efusão, os avós permaneciam imóveis.
A avó tinha lágrimas nos olhos.

Charlotte se sentiu aspirada pelo turbilhão que a cercava.
Não estava acostumada a responder a tantas perguntas.
Fizera boa viagem?
Como ela estava?
E os seus pais?
E a Alemanha?
Ela balbuciava que não sabia.
Não falava há quase dois dias.
E, além do mais, estava insegura.
Ser olhada, a angustiava mais do que tudo.
Alguma coisa a incomodava em especial.
Sentia-se culpada por estar ali.

Ottilie percebeu esse mal-estar.
Venha, Charlotte, vou lhe mostrar o seu quarto.
Elas saíram do jardim sob os olhares surpresos.
Ela continua melancólica — concluiu o avô.
E acrescentou: exatamente como a mãe.
A avó fuzilou-o com o olhar.
Eram palavras que ela não queria ouvir.
Não queria perceber o que eles subentendiam.
No entanto, ele tinha razão.
A avó ficara impressionada com essa evidência.
Charlotte se parecia incrivelmente com Franziska.
Os traços do rosto, claro, mas também na atitude.

Elas possuíam uma tristeza comum.
O que devia ser uma alegria, já não o era.
Um medo começava.

3

Charlotte dormiu por longas horas.
E acordou no meio da noite.
Descalça, passeou no jardim nessa primeira noite.
De camisola branca, era uma sensação de liberdade.
O céu estava azul-pálido, quase amarelado, com estrelas.
Ela tocava nas árvores, cheirava as flores.
Depois, se deitou na relva.
Na imensidão, viu o rosto de Alfred.
Com nuvens na boca.
E deixou-se invadir pelo desejo.

Os dias se passaram e Charlotte continuava a falar pouco.
Achavam-na muito reservada.
As crianças a apelidaram de: a silenciosa.
Queriam brincar com ela.
Mas ela só aceitava desenhá-las.
Ottilie achava que ela possuía um talento excepcional.
E até dizia: temos um gênio em casa.

A americana sempre a encorajava a pintar.
Comprou-lhe os desenhos, para ajudá-la a viver do seu trabalho.
E dava um jeito para lhe conseguir papel, em plena guerra.
A generosidade daquela mulher parecia não ter limites.

Nas fotos que sobraram dela, estava sempre sorrindo.
Com uma ponta de extravagância na expressão.

Em Villefranche-sur-Mer, as pessoas se lembram dela.
Em 1968, sua incrível casa foi demolida.
Para dar lugar a uma dessas residências admiráveis.
O jardim foi substituído, em parte, por uma piscina.

Só os dois grandes pinheiros sobreviveram.
Eram os que seguravam o balanço.
Agora, existe um grande muro em torno da residência.
Para impedir os intrusos de entrarem.
Os intrusos e os escritores fascinados por Charlotte Salomon.
Como entrar?
Impossível.
Esse lugar, que fora tão receptivo, passou a ser inacessível.

Um homem que me viu idiotamente plantado ali se ofereceu para me ajudar.
Conversamos um pouco, perguntei o nome dele.
Chamava-se Michel Veziano.
Quando lhe expliquei o objetivo das minhas pesquisas, ele não pareceu surpreso.
Disse-me que um europeu fizera a mesma investigação.
Sim, ele empregou essa palavra: europeu.
Havia três ou quatro anos, mais ou menos.
Portanto, eu não era o único a buscar Charlotte.
Formamos uma seita dispersa.
Adeptos esgotados que Michel salvava.

Não conseguia saber se isso me tranquilizava ou me era insuportável.
Como se chamava esse colega?
Michel não se lembrava.
Será que ele existiu mesmo?
Eu gostaria de conhecer todos aqueles que gostam de Charlotte.

Nesse momento da minha reflexão, o portão se abriu.
Uma mulher saiu da residência, de carro.
Afastei-me rapidamente de Michel para ir falar com ela.
Bom-dia, senhora, eu sou escritor...
Ela sabia quem era Ottilie, pois morava lá desde 1968.
Quando me preparava para lhe fazer perguntas, ela se irritou.
Não, não deve ficar aqui!

Além do mais, o guarda não o deixará passar!
Vá embora, não tem nada o que fazer aqui!
Era uma mulher velha, irritada, amedrontada, imbecil.
Falei com ela calmamente.
Eu só queria dar uma volta de cinco minutos no jardim.
Mostrei-lhe um livro com fotos da época.
Ela não quis olhar.
Vá embora, vá embora ou chamo o guarda!
Eu não compreendi.
Havia uma enorme hostilidade nela.

Resolvi desistir.
Isso não era tão importante assim.
Afinal, mais nada subsistia ali do passado.

Mas, graças àquela mulher, pude reportar-me ao ano de 1943.
Quanta estranheza.
Foi ali que, no fim das contas, o ódio atingiu Charlotte.

4

Charlotte passava horas esperando que Alfred aparecesse.
Imaginava, sem cessar, a chegada do amado.
Como um deus que surgisse do nada.
Mas ele não chegou.
Para torná-lo vivo, ela recompunha suas conversas.
Palavra por palavra, tudo estava intacto nela.
Sua precisão era a memória do coração.

Quem podia conhecer o desespero de Charlotte?
Ela era uma jovem, sozinha com os seus demônios.
Às vezes, dava um sorriso, para que a deixassem em paz.
Ottilie se preocupava, principalmente, com a avó.
Antes, ela era tão alegre.
Ria constantemente, parecia ter curiosidade a respeito de tudo.
Ottilie pediu que Charlotte a animasse.
Era o mesmo que pedir ao cinza que iluminasse o preto.
A avó e a neta se compreendiam.
O coração delas batia da mesma maneira.
Como se estivesse enrolado num tecido.
Debatia-se em surdina, sem fazer ruído no corpo.
Da maneira culpada, pela qual os sobreviventes respiram.

* * *

Elas passeavam à beira-mar.
O barulho das ondas permitia que não falassem.
De qualquer maneira, era melhor ficarem caladas.
As notícias eram cada vez mais trágicas.
A Polônia havia sido atacada.
A França e a Inglaterra declararam guerra à Alemanha.
A avó sentou-se num banco.
Sentia dificuldade para respirar.
Há anos lutava para permanecer viva.
Desde a morte das filhas, cada dia era uma luta.
Mas isso se tornara inútil.
A guerra destruiria tudo.

O doutor Moridis foi chamado.
Ele era uma eminente personalidade local.
Apreciavam seu carisma, sua humanidade.
Ele cobrava mais caro dos ricos e menos dos pobres.
Diziam que ele cuidara de celebridades que haviam passado por lá.
Errol Flynn, Martine Carol e, até mesmo, Édith Piaf.
Havia tratado de Ottilie depois do acidente de carro.
Fora no início dos anos 1930.
Depois disso, eles se tornaram amigos.
Então, a americana apelou para ele.
Para tentar salvar a avó de Charlotte.

E eis que o doutor foi ao Ermitage.
Charlotte o recebeu e o levou à cabeceira da doente.
Qual havia sido sua primeira impressão ao vê-la?
Como saber?
No entanto, vou tentar desvendar esse momento.

É muito crucial aos meus olhos.
A chegada do doutor Moridis neste relato.
Esse homem foi muito importante para Charlotte.
Tento vê-lo no jardim.
Nas fotos que a filha me mostrou, ele parecia enorme.
Imagino as crianças erguendo a cabeça para olhar para ele.

5

Ao sair do quarto, ele falou de depressão.
A avó não parava de dizer que o mundo ia pegar fogo.
Ela não aguentava mais, não queria mais viver.
Para ela, já estava na hora de ir ao encontro das duas filhas.
Minhas duas filhas, minhas duas filhas — repetia ela.
E acrescentava: é tudo culpa minha.

Moridis prescreveu alguns calmantes.
Em seguida, insistiu: é preciso vigiá-la o tempo todo.
Nunca deixá-la sozinha.
Charlotte compreendeu que esse papel lhe cabia.
Quem mais poderia se encarregar disso?
Seu avô também estava alquebrado.
Observava de longe a crise que atingia a mulher.
Afinal, era para isso que Charlotte estava lá.
Ela viera para cuidar deles.
Havia um preço para o refúgio.
Era o que ele pensava sob sua longa barba branca.

* * *

Moridis desejou boa sorte à Charlotte.
Antes de deixar a casa, ele se referiu aos seus desenhos.
Senhorita, parece que tem um talento incrível.
Os rumores andam rápido por aqui.
São apenas croquis — balbuciou ela.
Desenhos para as crianças.
E daí?
Interesso-me em ver o que faz.
Charlotte ficou emocionada com a boa vontade.
E olhou o médico sair, dirigindo-se a outros doentes, a outras histórias.

Charlotte estava consciente da gravidade da situação.
Achava que devia criar uma espécie de eletrochoque.
Na sua opinião, deviam sair do Ermitage,
Seus avós viviam há muito tempo às custas de Ottilie.
Haviam perdido progressivamente a autonomia.
As relações com sua benfeitora se deterioravam.
A situação estava ficando pesada.
Não é sempre assim?
Acabamos detestando aqueles que nos dão tudo.

Financeiramente, isso era possível.
Ainda tinham um pouco de dinheiro.
Ao deixar a Alemanha em 1933, haviam conseguido vender todos os bens.
Charlotte foi a Nice, atrás de uma moradia.
Encontrou-a na Avenida Neuscheller, número 2.
Uma residência batizada de vila Eugénie.

* * *

Ottilie também achava que isso lhes faria bem.
Admitiu que as relações eram menos calorosas há meses.
Pediu a Charlotte que fosse vê-la o mais constantemente possível.
Para lhe dar notícias e, também, para pintar no jardim.
Não deve se esquecer de viver a sua vida — acrescentou Ottilie.
Viver a minha vida, repetiu Charlotte intimamente.

No dia da mudança, eles cruzaram com soldados.
Eram os últimos soldados que partiam para o leste.
A região se esvaziara dos seus homens.
Os combatentes esperavam por uma luta que não chegava.
Seria o apocalipse tão anunciado?
A neve chegara e tudo estava muito calmo.
Quase se podia esquecer que a guerra havia sido declarada.

O caos começou mais depressa entre os muros da casa.
A mudança não mudara nada.
A avó passava horas à beira de um precipício.
Eram raros os momentos em que encontrava um pouco de descanso.
Continuava sempre com vontade de morrer.
Charlotte a desenhou na época.
Nos croquis, ela está terrivelmente magra.
Enrolada em si mesma, como se quisesse esconder o seu corpo.

Em compensação, não existe nenhum desenho do avô.
Perdido, longe de tudo, ele era infernal.
Lembrava-se dos primeiros anos em Nice.
Tudo era maravilhoso então.
Ele se matriculara na universidade e havia feito boas relações.

O que restava agora?
Nada.
Sua mulher estava louca, o país, em guerra.
E ele sentia muitas saudades da Alemanha.
Isso o tornava irascível, brusco, autoritário.
Não cessava de dar ordens à Charlotte.
Sem saber muito bem por quê.
Era como um general de um exército de fantasmas.

6

Charlotte não tinha mais notícias da família.
Há meses, o silêncio era insustentável.
Finalmente, recebeu uma carta do pai e de Paula.
Foi Ottilie quem a levou a Nice.
Charlotte a percorreu com os olhos em busca de um nome: Alfred.
Quem sabe eles os citariam?
Quem sabe teria notícias dele?
Era isso o que contava mais do que tudo.
Mas não.
Nada.
Nada de Alfred.
Ela percorreu de novo a correspondência.
Alfred podia estar escondido entre as vírgulas.
Não.
Não, ele não era mencionado.
Nada sobre ele.
Ela não sabia onde ele estava.
Ao menos estaria vivo?

* * *

Então, ela leu a carta com calma.
Havia sido Paula quem a escrevera.
Contava sobre os últimos meses.
Queriam se juntar a ela na França, mas tornara-se impossível.
Um amigo influente conseguira-lhes documentos falsos.
Pegaram o avião com ele para Amsterdã.
Haviam abandonado tudo, deixado tudo.
Desembarcaram na Holanda sem nada.
Felizmente, alguns amigos já estavam lá.
Havia uma espécie de família berlinense que se agrupava ali.
Paula tentou não contar o desespero.
Mas Charlotte conseguiu ler o que não estava escrito.
Via seu pai atordoado.
Resolvendo partir como um criminoso.
Com medo a cada instante.
Medo de ser detido, da prisão, da morte.
No campo, ele vira a maneira como matavam os primeiros que chegavam.

Charlotte sempre conhecera o pai como um homem poderoso.
E a madrasta aureolada de glória.
Ao menos estariam aliviados?
E por quanto tempo?
Pelo menos estão juntos, pensou Charlotte.
Ela queria muito se reunir a eles.
Sua liberdade não tinha mais valor aos seus olhos.
Sobreviver assim lhe parecia pior do que tudo.
A carta começou a lhe fazer mal.
As palavras acentuavam a sua carência.
Era a prova física da sua exclusão.

* * *

A avó não se interessou pela missiva.
Ela ouviu alguns trechos.
E se concentrou na fuga, nos documentos falsos.
Eles morrerão em breve! — gritou ela, subitamente.
Você está completamente louca! — irritou-se o marido.
Charlotte ficava entre os dois.
Pediu ao avô que saísse do quarto.
E tentou acalmar a velha senhora.
Que se deliciava com evidências macabras.
Eles vão morrer!
Todos vamos morrer!
Charlotte falava calmamente.
Como falamos com uma criança depois de um pesadelo.
Tudo vai ficar bem... agora eles estão longe do desastre.
Mas, não, a avó não queria ouvir.
A morte está em toda parte!
Em toda parte!
Temos de morrer antes que a morte nos pegue!
E ela encadeava frases incompreensíveis.
Depois ia se acalmando progressivamente.
A demência atua por pulsões.
Idas e vindas caóticas.
Esgotada por esses excessos, ela acabava adormecendo.
O sono era o único lugar em que parecia protegida de si mesma.

7

Nas semanas seguintes, Charlotte recebeu outras cartas.
Eram os últimos instantes do vínculo familiar.
Estavam em 1940.

Fazia quase seis meses que a guerra havia sido declarada.
Os inimigos se observavam em silêncio.
O ruído de uma queda foi ouvido.
Charlotte correu para ver o que estava acontecendo.
A avó havia se trancado no banheiro.
Ela bateu, implorou para que abrisse a porta.
Mas nada, nenhuma reação.
Charlotte ouviu uma sucessão de estertores.
Cada vez mais espaçados, cada vez menos audíveis.
Charlotte gritou.
Finalmente, conseguiu forçar a porta.
A avó estava pendurada na ponta de uma corda.

Por um triz, Charlotte conseguiu salvá-la.
Ela agarrou o corpo e as duas caíram no chão.
O avô chegou.
Como de hábito, começou a gritar.
O que você fez?
Não tinha esse direito!
Não tem o direito de nos deixar assim!
E você, Charlotte?
O que estava fazendo?
Você é louca de deixá-la assim!
Se ela morrer, a culpa é sua!
Não se pode mesmo confiar em você, idiota!

Charlotte ignorou essas palavras cortantes.
Precisava deitar a avó na cama, era a prioridade.
A avó, que parecia inconsciente, despertou.
E passou a mão no pescoço.

A marca do estrangulamento era impressionante.
Um círculo vermelho-vivo.
Um vermelho que, então, se tornou de um preto azulado.
A velha senhora se dirigiu para o quarto.
Rejeitou a ajuda de Charlotte.
Você devia ter me deixado morrer — disse ela.
Charlotte respondeu, chorando: eu só tenho você.

8

Por vários dias, ela vigiou a avó.
Nunca a deixava sozinha.
Charlotte escancarou a janela do quarto.
Falava com ela do céu, da beleza do céu.
Olhe, olhe o azul límpido.
Sim — dizia a avó.
E admire também as árvores floridas.
As cores que se parecem com promessas.
Em breve, iremos passear à beira-mar.
Prometa-me que iremos — pediu Charlotte.
Suas palavras eram calmantes, de uma doçura que curava as feridas.
Elas se davam as mãos.

O avô ficava exasperado com esses momentos de consolo.
Ele não aguentava mais, porém o quê?
Charlotte não o compreendia.
Ele ia e vinha, excitado, pelo quarto.
Parecia não poder controlar sua raiva.

Era exatamente isso.
Ele se dirigiu a Charlotte num monólogo demente.
Não aguento mais esses suicidas!
Não aguento mais, ouviu?

Houve a mãe da sua avó.
Ela tentava se matar todos os dias.
Por oito anos, todos os dias, isso mesmo!
E, depois, o irmão dela.
Disseram que ele era infeliz por causa do casamento.
Mas eu vi que a loucura o havia pegado.
Ele começava a rir sem que se soubesse por quê!
Sua avó ficou muito triste.
Eu ia vê-lo, o louco da família, diziam.
Até o dia em que ele se jogou no rio.
E sua filha única cometeu suicídio com Veronal!
Com Veronal!
Sem a menor razão.
Depois, foi o tio, não devemos esquecer!
Sim, o tio da sua avó.
Ele se jogou pela janela!
E a irmã... e o marido da irmã!
Nem sei mais.
Isso está em toda parte, em toda parte.
Não aguento mais!
Você compreende?!
E também o sobrinho, mais recentemente.
O único sobrevivente da família, você não soube.
Ele perdeu o trabalho no laboratório, como todos os judeus.
Então, ele se matou...

* * *

O suicídio é uma morte que não se dá ao inimigo!
O coitado, eu me lembro dele.
Era tão amável.
Nunca levantava a voz.
Pois bem, está apodrecendo num cemitério.
Não passa de um monte de ossos!
...
E as nossas filhas!
As nossas filhas!
...
Você ouviu?
As nossas filhas!
...
A sua tia Charlotte.
A minha filha adorada.
Eu a amava tanto.
Ele me seguia para tudo que é lado.
Poderia dizer que era a minha sombra.
Ela me ouvia.
Para me agradar, ela fingia ser uma estátua grega.
E depois.

Nada.
Mais nada.

Ela se jogou no rio aos dezoito anos.

Sem mais nem menos.
Eu não aguentava mais.
Não pudemos ir ao enterro.

Ou, então, teriam de nos enterrar também.
A sua avó e eu, nós morremos depois disso.

E a sua mãe.
Ela sofreu muito com isso.
Você percebe?
Era a sua irmã querida.
Eram inseparáveis.
Comparadas todo o tempo.
Quase duas versões de uma mesma jovem.
Sua mãe ficou devastada.
Mas isso ninguém via.
Ela fazia de tudo para ser forte.
Dobrava as energias.
Para nós, ela representava ser as duas filhas ao mesmo tempo.
Sua mãe era muito bondosa.
Ela cantava à noite.
Era sério e bonito.
E, depois, ela se casou com o seu pai.
O obcecado pela medicina.
Felizmente, você chegou.
Um filho, pressupõe-se ser a vida.
A minha neta.
Você.
Charlotte.

O avô parou nesse momento.
As últimas palavras foram pronunciadas com mais doçura.
Não se pode gritar todas as tragédias.
Ele olhou para Charlotte direto nos olhos.

* * *

De novo, ele começou a falar alto.
Cada vez mais alto.
Você...
Você... Charlotte!
CHARLOTTE!
Você foi um bebê lindo!
Então, por quê?
Por quê?

Só nos restava sua mãe.
Sua mãe e você.
Não era possível fazer isso.
Todo o mundo se matou, mas não a sua mãe.
Ela não podia.
Não era possível.
Ela se jogou pela janela.
Da nossa casa!
Está me ouvindo?!

E, depois, você ficou lá.
Você me dava pena.
Desviávamos o olhar para não vê-la.
Eu me lembro do seu rosto.
Você sempre esperava que ela voltasse.
Você a espreitava no céu.
Ela lhe havia dito que se transformaria num anjo.
Mas não!
Foi pega pelo demônio.
E se matou.
Sim, a sua mãe também.

E a sua avó... por quê?
Ela não quer mais viver.
E eu?
Será que ela pensa em mim?
O que vai ser de mim?
Está me ouvindo?!

Não aguento mais.

Não aguento.

Mais.

...

9

Charlotte saiu correndo.
Não escutou as últimas palavras do avô.
Ele gritou mais uma vez, implorou para que ela ficasse.
Ela disparou pela Avenida Neuscheller.
Até o cruzamento das tulipas.
Aonde ir?
Não sabia
Ela correu a ponto de ficar sem fôlego.
Para o mar.
Era o único destino possível.
O único lugar onde não se via nada mais.
Ela atravessou a praia correndo.

Entrou na água fria de fevereiro, vestida.
Avançou rapidamente.
Os joelhos, a cintura e os ombros desapareceram.
Charlotte não sabia nadar bem.
Mais alguns metros e poderia deixar-se levar.

As roupas molhadas ficaram pesadas.
Levavam-na para o fundo.
As ondas morriam por cima dela.
Charlotte engoliu água salgada.
Com os olhos voltados para o céu, ela viu um rosto.
O rosto da mãe.
Seria o anjo tão esperado?
Ele havia surgido com muita precisão.
Será que Charlotte ia morrer?
Ela se deixou levar e as suas lembranças reviveram.
Viu a si mesma quando criança, esperando pela mãe.
Que absurdo essa história de anjo.
Charlotte foi tomada pela raiva.
Que a empurrou para a praia.
Não, não morreria afogada.

Sem fôlego, exausta, ela deitou nos seixos.
Toda a sua vida repousava numa mentira.
Eu os odeio, todos eles me traíram.
Todos.
Desde sempre.
Todo mundo sabia a verdade.
Todo mundo, exceto eu! — gritou Charlotte.
Sílabas desordenadas ressoavam nela.

Charlotte não conseguia articular frases.
Não podia usar as palavras.
Para definir a devastação.
Do que acabara de saber.
Nunca havia desconfiado.
Nunca, nunca, nunca.
Não podia usar palavras.
Será que existiam palavras para definir tamanha vertigem?

E ela compreendeu a estranheza que sempre sentira.
O medo desmesurado do abandono.
A certeza de ser rejeitada por todos.
O que deveria fazer?
Chorar, morrer, ou nada?
Ela se levantou, em seguida tombou de novo.
Um títere desarticulado na praia deserta.
A noite caiu, mas daquela vez era diferente.
A noite caiu só em cima dela.

Charlotte tiritava de frio.
E foi, de joelhos, até o Passeio dos Ingleses.
Dava para acreditar que havia desembarcado a nado.
Charlotte andou depressa.
Avançou pela noite, sem fazer barulho, sem deixar rastos.
Uma sombra úmida que adquiria vida.

Pensou que seus avós esperavam por ela.
Mas não, eles dormiam e era uma visão estranha.
A janela do quarto continuava aberta.
O que permitia à lua de debruar a cama.
A luz era suave, até mesmo agradável.

O momento contrastava com os dias recentes.
Eles pareciam crianças comportadas.
Charlotte sentou-se numa cadeira para olhá-los.
E dormiu assim, perto deles.

10

Alguns dias se passaram na calma reencontrada.

Pode-se dizer que as horas pareciam brancas?
Mesmo os gestos eram silenciosos.
A avó escovou o cabelo de Charlotte.
Há muitos anos ela não fazia isso.
E mergulharam novamente num período feliz.
Charlotte era incapaz de fazer qualquer pergunta.
Por que ninguém nunca lhe havia dito nada?
Por quê?
Não, ela se calou.
Não queria ouvir explicações.
E, depois, de que adiantaria?

Charlotte preferiu desfrutar os momentos de descanso.
Parecia que a avó, finalmente, havia se acalmado.
Ou, então, seria uma estratégia?
Para fazer com que a carcereira abaixasse a guarda.
A avó se lembrava da sua própria mãe.
Como a demência dela não tinha intervalos, nunca a deixavam sozinha.
Vigiavam-na todo o tempo, potencial assassina de si mesma.

* * *

Charlotte esperava que tudo melhorasse dali por diante.
Ela era a mãe da sua avó.
Fazia semanas que a protegia, tranquilizava-a, aquecia-a.
Alguma coisa de muito forte as unia.
Então, ela se deixou embalar por uma ilusão.
E adormeceu.
Quando abriu os olhos não havia mais ninguém ali.
Como sua avó podia ter se levantado sem acordá-la?
Habitualmente, o sono de Charlotte era muito leve.
A avó tinha saído da cama sem o menor ruído.
Como se houvesse evaporado.

Naquele instante um estrondo terrível ressoou.
O barulho surdo e sufocado de um choque.
Charlotte compreendeu e correu para a janela.
O avô também acordou.
E até mesmo o sono o abandonou depressa.
O quê?
O que aconteceu? — gritou ele.
Era raro sentir o pânico na sua voz.
Assim como Charlotte, ele sabia bem o que havia acontecido.

Do apartamento não se via nada.
O pátio interno era um espaço escuro.
A lua luminosa dos últimos dias tinha ido embora.
Ambos gritavam o nome da avó.
Várias vezes, mas sem acreditar nisso.
Vá, rápido, pegar uma vela! — ordenou o avô.
Charlotte obedeceu, tremendo.
Ambos desceram sem fazer barulho.

No pátio, um vento frio os acolheu.
Tentaram proteger a chama febril.
Eles avançaram, milímetro por milímetro.
Descalça, Charlotte sentiu um líquido sob seus pés.
Ela se ajoelhou com a vela.
E viu um filete de sangue.
Soltou um grito e levou a mão à boca.
O avô também se inclinou.
Pela primeira vez, ele não disse nada.

11

O corpo ficou três dias numa cama.
Estranhamente, a morte quase não havia mudado nada.
A avó já estava com aquela aparência há muito tempo.

Charlotte não parava de chorar.
Chorava as lágrimas que o avô não conseguia verter.
O enterro foi organizado com a ajuda do doutor Moridis.
Ottilie se encarregou de todas as despesas.
A cerimônia ocorreu na manhã de 8 de março de 1940.
As crianças refugiadas no Ermitage também compareceram.
Foi o que tornou o momento um pouco menos sinistro.
Elas ficaram felizes em rever Charlotte.
Cercaram-na de muito calor.

O caixão baixou à terra.
Tudo parecia muito calmo.
Só a lucidez do avô que ficou alterada.

Ele parecia não saber mais quem estava sendo enterrada.
Em seguida, recuperou-se.
Não se lembrava de um dia sem a presença da mulher.
Teria algum dia vivido sem ela?

Depois da cerimônia, Ottilie convidou-os a passar na casa dela.
Charlotte e o avô preferiram voltar para a casa deles.
Sentiam necessidade de ficar sozinhos.
E seguiram lentamente pela alameda do cemitério.
Charlotte lia todos aqueles nomes que haviam sido vidas.
Foi invadida por imagens que não conseguia captar.

O avô, que parecia abatido, começou a resmungar de repente.
A dor havia sido despertada, e ele foi tomado pela raiva.
A mesma raiva que o levou a revelar tudo a Charlotte.
Palavras de ódio o invadiram.
Palavras e mais palavras, enfurecidas.
Então, pegou a jovem pela manga.
O que foi? — disse ela, de cabeça baixa, esgotada pela tragédia.
Por que ele a agarrava assim?
O que queria?
Ele a apertou com violência.
Ela queria se debater, empurrá-lo, mas lhe faltavam forças.
Você me pergunta o que foi? — gritou ele.
Você me pergunta o que foi?!
Olhe.
Olhe em volta.
E, francamente.

O que está esperando para se matar também?

Sétima Parte

1

Charlotte advertiu a família sobre a morte da avó.
Paula ficou preocupada com o estado mental da enteada.
Todas as frases da carta pareciam marcadas pela dor.
Até as vírgulas pareciam sem rumo.
Paula tentou encontrar as palavras certas para lhe responder.
Mas isso não tinha nenhum valor.
Simplesmente, precisaria estar presente e abraçá-la.
Charlotte sofria fisicamente com a ausência deles.
Ela achava que a separação seria temporária.
Mas já fazia mais de um ano.
E nenhuma perspectiva de reencontro.

A resposta que Charlotte recebeu seria a última.
Nunca mais teve notícias do pai e de Paula.
As fronteiras estavam agitadas e fechadas.
Foi pedido que os alemães que viviam na França se cadastrassem.
Era evidente que se tratava de refugiados.
Pouco importava, eram associados à nação inimiga.
O Estado francês decidiu prendê-los.

* * *

Em junho de 1940, Charlotte e o avô se viram num trem.
Em direção ao campo de Gurs, nos Pireneus.
Era um campo inicialmente construído para os refugiados espanhóis.
O que iriam fazer com eles?
Charlotte se lembrou do rosto do pai ao voltar de Sachsenhausen.
Observava os alemães tensos à sua volta.
A viagem durou longas horas.
A isso se acrescentava a angústia de não saber o que iria acontecer.
Será que ia morrer?
Na sua família nenhuma mulher havia escapado do destino mórbido.

Treze anos separavam a morte da mãe da morte da tia.
Assim como a morte da mãe e a da avó.
Sim, era exatamente a mesma diferença de tempo.
Um gesto quase idêntico das três.
Um salto no vazio.
A morte em três idades diferentes.
A jovem, a mãe de família e a avó.
Portanto, nenhuma idade valia a pena de ser vivida.
No trem que ia para o campo, Charlotte fez um cálculo.
1940 + 13 = 1953.
Logo, 1953 seria o ano do seu suicídio.
Se não morresse antes.

2

Ao chegar no campo de Gurs, as famílias foram separadas.
O avô se juntou aos homens.
Parecia ser o mais velho de todos.
O decano das sombras.
Charlotte se dirigiu a um guarda pedindo para ficar com ele.
Era muito idoso para ficar sozinho e estava doente.
Não, não, você vai para o acampamento das mulheres.
Eram ordens e ela não insistiu.
O rapaz tinha um cassetete e um cão ao seu lado.
Ela compreendeu que ali não havia lugar para argumentações.
Deixou o avô e se colocou na fila das mulheres.
Entre elas, estava Hannah Arendt.

Em Gurs, Charlotte ficou chocada com a ausência de vegetação.
Uma exterminação total do verde.
Ela havia passado de uma natureza selvagem para uma paisagem lunar.
E examinou o lugar em busca de alguma cor.
Alguma coisa a brutalizava na carne.
Sua relação com o mundo se tornara puramente estética.
Sem cessar, fazia pinturas na cabeça.
Sua obra já respirava nela, contra a própria vontade.

A feiura contaminava cada detalhe.
No acampamento não havia camas, apenas colchões amontoados.
As condições sanitárias eram repulsivas.
Todas as noites, ouviam-se os guinchos dos ratos.

Eles roçavam na face cavada das mulheres.
Mas o pior não era isso.
O pior era o homem que marchava.
Ele fazia idas e vindas diante do bloco com a sua lanterna.
Do interior, as mulheres viam o fiozinho de luz.
Sinal insustentável de sua presença.
Aquilo podia durar mais de uma hora.
Todas sabiam que ele acabaria entrando.
Pronto, era o momento.

Ele abria a porta, cegando as mulheres deitadas.
E se aventurava entre os colchões.
O cão não hesitava em farejar ou em lamber as presas.
Balançava a cauda, cúmplice feliz do domínio.
Mais do que nunca, ele se sentia o melhor amigo do homem.

Todas as noites o guarda entrava assim
Era o seu maravilhoso ritual.
Ia em busca de uma prisioneira para violentar.
Em caso de rebelião, podia simplesmente atirar.
Trêmulas de medo, elas se encolhiam.
Ele parou diante de uma delas.
Com a luz, perscrutou o seu corpo e o rosto.
Finalmente, passou para outra.
O medo o excitava ainda mais.
Finalmente, ele lançou o olhar para uma ruiva.
Levante-se e venha comigo.
Ela obedeceu.
E se deixou levar para outra cabana.

3

Assim se passaram várias semanas.
Entre o torpor e o terror.
Só se falava do ataque alemão.
Da rápida derrota do exército francês.
Como era possível?
Charlotte ficou atônita com a notícia.
Os nazistas iriam controlar o país para onde ela havia fugido.
O país-refúgio onde ela estava presa.
Nunca haveria um fim para a sua errância.

Felizmente a Ocupação não atingiu o Sul.
Falava-se de uma *zona livre*.
Mas livre para quem?
Aparentemente, não para ela.
Tinha apenas o direito de visitar o avô.
Ele passava a maior parte do dia deitado num catre.
Terrivelmente magro, estava no fim das forças.
Quando tossia, um filete de sangue escorria da sua boca.
Muitas vezes ocorria de ele não reconhecer Charlotte.
Ela se sentia totalmente desamparada.
Implorava a ajuda dos guardas.
O desespero da jovem acabou sensibilizando uma enfermeira.
Ela ia ver o que podia fazer.
Não foram palavras vazias.
A administração, finalmente, decidiu soltá-los.

* * *

Será que Charlotte podia recuperar as esperanças?
Ela disse ao avô que o horror ia terminar.
Retornariam ao Ermitage, ele poderia descansar.
Ela segurou na mão dele e o avô gostou desse contato.
No dia seguinte, eles deixaram o campo.
Porém, os transportes públicos não funcionavam mais.
Precisavam se virar.
Percorrer centenas de quilômetros com um velho rabugento e doente.
Eles atravessaram os Pireneus a pé.
Esmagados pelo calor de julho.

Dois meses depois, Walter Benjamin se matou.
Do outro lado da cadeia de montanhas.
Um rumor dizia que os apátridas não podiam mais cruzar a fronteira.
Benjamin estava convencido de que logo seria preso.
Esgotado pelos anos de errância e perseguição, não aguentou mais.
E se envenenou com morfina.

Pensava-se nas suas palavras, que ressoavam como um adeus.
A felicidade só é representável para nós,
No ar que respiramos,
Entre os homens que viveram conosco.
Portanto, os gênios alemães estavam espalhados na montanha.
Hannah Arendt conseguira fugir da Europa.
Charlotte gostava imensamente de Walter Benjamin.
Havia lido seus livros, adorava ouvir suas crônicas no rádio.

Uma das frases dele poderia aparecer em epígrafe na obra de Charlotte:
A verdadeira medida da vida é a lembrança.

4

No trajeto, eles tentaram fazer algumas paradas.
Na maior parte do tempo eram rejeitados.
Ninguém queria hospedar alemães.
Finalmente, um jovem refugiado apareceu para ajudá-los.
Ele também era originário de Berlim.
Conhecia um lugar onde se podia dormir.
No caminho, na escuridão, ele empurrou Charlotte para um fosso.
O avô, que fazia uma pausa num banco, não viu nada.
A moça se debateu com todas as suas forças.
Arranhou o rosto do agressor.
Que se afastou praguejando.
Você não sabe o que quer, sua idiota!

Charlotte ajeitou as roupas.
E se reuniu ao avô sem dizer nada.
Tinha o hábito de esconder as feridas.
Inclusive as mais imediatas, as mais intensas.
Sabia, melhor do que ninguém, ocultar a dor.
Acostumada que estava com a sucessão de sofrimentos.

Finalmente, encontraram um albergue que os aceitou.
Mas só havia uma cama no quarto.
Charlotte disse que dormiria no chão.

O avô insistiu para que dormissem juntos.
Uma neta e o seu avô — disse ele —, é normal.
Teria ela compreendido direito?
Sim, a afirmação dele havia sido exata.
Ele a incitou a tirar a roupa e a encostar-se a ele.
O mundo vacilou.
Não havia mais a menor referência.
Então, ela saiu para tomar ar.
E esperou que ele dormisse para voltar ao quarto.

Charlotte sentou-se num canto, escondeu o rosto nos joelhos.
Para pegar no sono, percorreu suas lembranças.
Era o único lugar onde morava a ternura.
Ouviu a voz de Paula, sentiu o beijo de Alfred.
Com os olhos fechados, viajou através da beleza.
Depois foi um quadro de Chagall que apareceu.
Ela o recompôs com precisão, visualizando cada detalhe.
Charlotte divagou longamente entre as cores quentes.
E, finalmente, conseguiu dormir.

Ela sabia que não podia continuar a viagem desse modo.
Com o olhar do avô preso aos seus gestos, ao seu corpo.
Felizmente, lhe indicaram um ônibus que seguia pela costa.
Dois dias depois chegaram a Nice.
Eles foram festejados na chegada ao Ermitage.
Foi um alívio geral.
Ninguém tinha notícia deles.
Extenuada, Charlotte foi se deitar.
Ottilie foi vê-la um pouco mais tarde.
E passou a mão na sua testa.

Charlotte abriu os olhos.
E uma lágrima escorreu.
As manifestações de carinho que recebia haviam se tornado raras.

Ottilie compreendeu que a jovem precisava de ajuda.
Ela conhecia o histórico familiar.
Charlotte não conseguia parar de chorar.
Liberava meses de lágrimas.
Felizmente, ela conseguiu voltar a dormir.
Mas sua respiração era irregular.
A americana percebeu as sombras no rosto da jovem.
Sombras que passeavam sobre ela.
Ottilie sabia que as últimas semanas a haviam transtornado.
O suicídio da avó, a revelação do suicídio da mãe.
Depois, a detenção e a caminhada.
A americana ficou aflita com o espetáculo daquela vida destruída.
Queria salvá-la.
Preciso ajudá-la e curá-la, pensou ela.
Antes que seja tarde demais.

5

Seguindo o conselho de Ottilie, Charlotte foi consultar o doutor Moridis.
O consultório ficava no centro de Villefranche-sur-Mer.
Ele atendia num aposento do apartamento.
Kika, filha dele, nascida em 1941, ainda vive no mesmo endereço.
Depois da morte dos pais, ela voltou a se instalar ali.

Quando tentei entrar em contato com ela, não podia imaginar isto.
Que ela havia conservado o consultório intacto.

Graças a ela pude percorrer o cenário de 1940.
Andar através do meu romance.
Na porta ainda figurava a placa.

DOUTOR G. MORIDIS
CONSULTAS DE 1h30 ÀS 4h

Por um momento, fiquei observando cada detalhe.
Kika e o marido foram adoráveis.
A filha do médico não se lembrava de Charlotte.
Mas o pai sempre a mencionara.
O que ele dizia?
Ela respondeu imediatamente: o meu pai dizia que ela era louca.
Aquilo me surpreendeu.
Não porque ele houvesse dito aquilo, mas que fosse a primeira palavra.
Kika acrescentou em seguida: como todos os gênios.
Sim, o pai garantia que Charlotte era um gênio.

Como Ottilie, o médico se apaixonou por Charlotte.
Admirativo, terno ou simplesmente preocupado, ele teve um papel primordial.
Todas as vezes que passava pelo Ermitage, ia falar com ela.
E as visitas dele eram frequentes.
Porque sempre havia uma criança doente entre os órfãos.
Charlotte o intrigava, a sensibilidade dela o emocionava.
Ela havia desenhado cartões para o Natal.

Neles se viam crianças descendo do céu.
Ou tentando alcançar a lua.
Alguma coisa tocou profundamente Moridis nesses desenhos.
Um encontro entre a força e a ingenuidade.
A graça, simplesmente, pensou ele.

O médico mediu a pulsação de Charlotte, examinou-a.
Ele fez perguntas sobre o campo de Gurs.
Ela respondeu por monossílabos indecifráveis.
Ele ficou assustado com o estado dela, mas não demonstrou.
Você precisa de vitaminas — preferiu anunciar.
Ela permanecia de cabeça baixa, muda.
Moridis pareceu hesitar.
Charlotte, você deve pintar — disse ele, então.
Ela levantou a cabeça.
Ele repetiu: Charlotte, você deve pintar.

Ele disse que confiava nela, no seu talento.
Eram palavras de conforto, mas de expectativa também.
Desanimar estava fora de cogitação.
Se ela estivesse sofrendo, deveria expressar esse sofrimento.
O que ela ouviu deixou-a profundamente transtornada.

Moridis continuou.
Ele encontrou as palavras certas.
Citou todos os desenhos dela de que ele gostava.
Ela possuía uma grande beleza interior para não compartilhá-la.
Charlotte continuava a ouvir.
Isso fazia eco ao que ela sentia.

* * *

O rosto de Alfred lhe apareceu então.
Uma visão mais viva do que nunca.
Ela pensou nas últimas palavras dele na plataforma.
Como pudera esquecer?
Ela devia viver para criar.
Pintar para não enlouquecer.

6

No caminho de volta, ela respirou profundamente.
Naquele dia nasceu sua obra *Vida? Ou Teatro?*
Andando, ela pensou nas imagens do passado.
Para sobreviver, deveria pintar sua história.
Era a única saída.
Ela repetiu isso de novo, e de novo.
Deveria fazer com que os mortos revivessem.
Nessa frase, ela parou.
Fazer com que os mortos revivessem.
Preciso ir mais fundo na solidão.

Seria preciso ir até o fim do suportável?
Para, enfim, considerar a arte como a única possibilidade de vida.
O que Moridis havia dito era o que ela sentia.
Na carne, mas sem ter consciência disso.
Como se o corpo estivesse sempre na mente.
Uma revelação é a compreensão daquilo que já sabemos.
É o caminho que seguem todos os artistas.
Um túnel impreciso de horas ou de anos.
Que leva ao momento em que, finalmente, podemos dizer: é agora.

* * *

Ela, que queria morrer, começou a sorrir.
Nada mais seria levado em conta.
Nada mais.
Raras são as obras assim criadas.
Num tal grau de rompimento com o mundo.
Tudo estava límpido.
Ela sabia exatamente o que devia fazer.
Suas mãos não hesitavam mais.
Ia pintar suas lembranças de maneira romanesca.
Os desenhos seriam acompanhados de longos textos.
Era uma história que se podia ler, tanto quanto se olhar.
Pintar e escrever.
Esse encontro era uma maneira de se expressar *inteiramente.*
Ou, digamos, *totalmente.*
Era um mundo.

Isso ia ao encontro da definição de Kandinsky.
Criar uma obra é criar um mundo.
Sendo que ele mesmo estava submetido à sinestesia.
Essa união intuitiva dos sentidos.
A música guiava sua escolha de cores,
Vida? Ou Teatro? era uma conversa entre as sensações.
A pintura, as palavras e a música também.
Uma união das artes, necessária para a cicatrização de uma vida destruída.
Era a escolha que se impunha para a recomposição do passado.

E era um turbilhão de força e de inventividade.
O que acontece quando vemos a obra?
Uma emoção estética capital.

Não parei de pensar nisso depois.
A vida dela tornou-se a minha obsessão.
Percorri os lugares e as cores, em sonhos e na realidade.
E comecei a amar todas as Charlottes.
Porém, o essencial aos meus olhos era *Vida? Ou Teatro?*

Era uma vida passada no filtro da criação.
Para obter um disfarce do real.
Os protagonistas da sua vida passaram a ser personagens.
Como no teatro, eles eram apresentados no início.
Alfred Wolfsohn apareceu sob os traços de Amadeus Daberlohn.
Os Salomons passaram a ser Kann.
Charlotte falou de si mesma na terceira pessoa.
Se tudo era real, esse distanciamento parecia necessário.
Para atingir uma liberdade verdadeira no relato.
A fantasia podia surgir com mais facilidade.

Uma liberdade total que se encontrava na forma.
Com os desenhos e o relato, ela acrescentou indicações musicais.
A banda sonora da sua obra.
Viajava-se com Bach, Mahler e Schubert.
Ou com canções populares alemãs.
Charlotte qualificava a sua obra de *Singespiel.*
O equivalente a uma peça cantada.
A música, o teatro e, também, o cinema.
Seus enquadramentos eram inspirados em Murnau e Lang.
Todas as influências de uma vida estavam lá.
Mas eram esquecidas no brilho da sua particularidade.
Para formar um estilo único e inédito.

* * *

Já era hora de começar.
Charlotte forneceu o manual de sua obra.
A encenação de sua invenção.
A criação das pinturas seguintes deve ser imaginada como se segue:
Uma pessoa está sentada à beira-mar.
Ela está pintando.
De repente, uma canção lhe passa pela cabeça.
Quando ela começa a cantarolar...
Ela se dá conta de que a canção se harmoniza exatamente...
Com o que ela tenta pôr no papel.
Um texto se forma na sua cabeça.
E ela começa a cantar a música com as suas próprias palavras.
Mais uma vez e mais uma vez.
Com voz forte até que a pintura pareça terminada.

E, enfim, ela precisa o estado de espírito do seu personagem:
Era preciso desaparecer da superfície humana por algum tempo.
E, para isso, aceitar todos os sacrifícios.
A fim de recriar as profundezas do seu ser, o seu próprio universo.

Desaparecer da superfície humana.

7

Nos primeiros dias, ela não conseguiu se concentrar.
As crianças corriam por todo o Ermitage, com uma energia selvagem.
Ottilie lhes disse que não podiam incomodar Charlotte.

Ela fez de tudo para ajudá-la, e achou para ela um papel muito bom.
Numa época em que os alimentos se tornavam raros.
Com Moridis, ela formava um círculo íntimo que protegia o gênio.
Um círculo do qual seu avô não fazia parte.
Ao contrário, ele a atormentava.
Assim que ele aparecia, Charlotte fugia com o cavalete.
Ele a perseguia, gritando: você está aqui para cuidar de mim!
Se providenciei para que você viesse, não foi para pintar!
Ele se tornava cada vez pior.
Quando roubava frutas, fazia com que as crianças fossem acusadas.
Sua neta não teve outra escolha senão ir embora.
Precisava se proteger para continuar sua obra.

Não fazia muito tempo que ela havia conhecido Marthe Pécher.
Gerente do hotel La Belle Aurore, em Saint-Jean-Cap-Ferrat.
Marthe decidiu hospedar Charlotte sem pedir nada em troca.
Estaria também convencida da sua genialidade?
É bem provável.
Marthe lhe ofereceu um quarto pelo tempo que ela quisesse.
O quarto nº 1.
Ali, durante quase dois anos, Charlotte criou.
Era um quarto no térreo, mas o hotel ficava no alto.
Bastava que ela saísse para ver o mar.
Sempre imaginei aquele quarto como um refúgio paradisíaco.
Na realidade, ele parecia mais uma cela.
As paredes de tijolo reforçavam essa sensação.

* * *

A hospedeira ouvia sua protegida trabalhar *cantarolando.*
Sim, essa foi a expressão que ela usou.
Charlotte pintava cantando.
As músicas que ela indicava para acompanhar os desenhos.

Segundo o depoimento de Marthe, Charlotte quase nunca saía.
Eram dias inteiros consagrados ao trabalho.
Sem sombra de dúvida, tratava-se de uma total obsessão.
Ela se lembrava de cada palavra de Alfred.
E reproduzia seus monólogos estonteantes.
Página após página, ela desenhou o rosto dele centenas de vezes.
Anos depois da separação, sem nenhum modelo.
A apneia criativa de Charlotte era arrebatadora.
Como se houvesse uma relação de devoção com o passado.

Eu andava pelo quarto nº 1, sob o olhar da jovem recepcionista.
Tissem, era o nome dela, tentou me ajudar.
Mesmo me achando estranho, imagino.
Eu estava em êxtase diante da parede de um quarto velho.
Perguntei se o estabelecimento possuía arquivos.
O gerente nunca me mostrou.
O sobrenome dele era Marin.
Era requisito ter um sobrenome marítimo para dirigir aquele hotel?
Principalmente: ele iria pôr uma placa diante do quarto?
Não sei por que eu estava tão obcecado por placas.
Por enquanto, era preciso restaurar o lugar.
Eu poderia cuidar do local.

Fazer de tudo para que fossem respeitadas as paredes que eram a memória.

E, mais do que memória, o testemunho imaterial da genialidade.

8

Contra a vontade, às vezes Charlotte tinha de ir a Nice.

O avô vivia lá, sozinho.

Ela o encontrava sentado numa cadeira, ruminando as lembranças.

Numa visita, em pleno verão de 1942, ela notou um cartaz.

Uma lei obrigava os judeus a se apresentarem às autoridades.

De volta ao La Belle Aurore, Charlotte pediu a opinião de Marthe.

O que devia fazer?

Para dizer a verdade, já havia tomado uma decisão.

Ela ia se declarar.

Marthe lhe perguntou por que, era absurdo.

Charlotte respondeu: é a lei.

No dia marcado, ela foi a Nice.

Havia uma longa fila em frente à prefeitura.

Isso a tranquilizou, todos dóceis.

Estavam bem vestidos, os namorados de mãos dadas.

Fazia calor, a espera seria longa.

Depois de um momento, vários ônibus estacionaram perto da praça.

Todo mundo se olhou.

Tentavam se tranquilizar.

Afinal, não havia nada de preocupante.

Charlotte pensou no campo de Gurs.
E se esse simples recenseamento ocultasse uma prisão?
Não haveria nada pior do que voltar para lá.
Diziam que em Paris teria havido uma prisão em massa de judeus.
Mas, ali, quem sabia realmente a verdade?
Quem sabia o que se passava na Alemanha ou na Polônia?
Ninguém.
Charlotte não tinha notícias do pai nem de Paula.
Há muito tempo.
Não sabia mais nada.
Ao menos estariam vivos?
Ela pensava nisso todos os dias.
E Alfred, o seu Amadeus.
Ele era muito inapto à vida para se safar.
Não.
Não queria acreditar na morte dele.
Não era possível.

Policiais saíram do nada.
Discretamente, cercaram a praça.
Ninguém poderia fugir.
Era uma armadilha, tudo estava claro agora.
Como pudera ser tão estúpida?
Ela e todos os outros.
O mundo inteiro os perseguia.
Por que seria diferente naquele dia?

Pediram que eles subissem nos ônibus.
Todos se precipitaram para um policial para fazer perguntas.
Mas para aonde vamos?

O que fizemos?
A calma logo se transformou em angústia.
Os policiais ficaram mais firmes.
Tentando evitar o pânico.
Era um simples controle de rotina.
Não havia por que se preocupar.
É isso... subam, está tudo bem.
Nós lhe daremos de beber, depois que estiverem sentados.

Charlotte sentou-se com os outros.
Naquele momento, pensou nos seus desenhos.
E se ela não voltasse?
O que seria feito deles?
Ela confiava em Marthe.
Sabia que tomaria conta para ela.
Mesmo assim.
Eles não estavam terminados.
Muito longe de estarem terminados.
Como podia ter acreditado que tinha todo o tempo pela frente?
Ela estava no exílio, em fuga.
Uma pestilenta.
Se saísse dessa, então iria até o fim da sua obra.
O mais rápido possível.
Não podia imaginar que ela pudesse ficar inacabada.

Um policial andou entre os assentos.
O olhar dele parou em Charlotte.
Ele a fitou intensamente.
Por quê?

O que ela havia feito em especial?
Nada.
Nada, ela disse a si mesma que não havia feito nada.
Então, por quê?
Por que ele continuava a olhá-la assim?
Por quê?
Seu coração batia forte.
Ia desmaiar.
Está tudo bem, senhorita?
Ela não conseguiu responder.
Ele pôs uma mão no seu ombro.
E lhe disse: vai dar tudo certo.
Procurava ser tranquilizador.
O policial parou em frente à Charlotte porque a achou bonita.

Levante-se e siga-me.
Ela estava paralisada,
Não queria se mover.
Talvez seja um pervertido.
Como aquele de Gurs, que violentava uma moça todas as noites.
Só pode ser isso.
Se não, por que ela?
Era a única jovem no ônibus.
Ele queria violentá-la.
Sim, era isso.
Só podia ser isso.
No entanto, o rosto dele parecia tão meigo.
E ele não parecia muito seguro de si.

* * *

Pequenas gotas de suor brilhavam em suas têmporas.
Ele insistiu: queira acompanhar-me, senhorita.
E acrescentou: por favor.
Charlotte não sabia mais o que pensar.
A juventude dele, a educação, tranquilizavam-na um pouco.
Porém, não podia mais acreditar em ninguém.

Ela decidiu se levantar e segui-lo.
Depois que os dois desceram, ele a intimou a andar.
Alguns metros depois, eles estavam afastados de todos.
Vá embora — disse ele.
Vá embora depressa e não se vire.
Como Charlotte não se mexeu, ele insistiu: vá, rápido, vá embora!
Ela compreendeu o que estava acontecendo.
Simplesmente, ele a estava salvando.
Ela não sabia o que dizer para agradecer.
De qualquer modo, não tinha tempo para encontrar as palavras.
Tinha de se apressar.
E começou a andar.
Lentamente, depois, mais e mais rápido.
Numa ruela de Nice, finalmente ela se virou.
Não havia mais ninguém atrás dela.

9

De volta a La Belle Aurore, tudo mudou.
Mais do que nunca, Charlotte se sentiu invadida pela urgência.
Era preciso agir sem perda de tempo.

Seu traço ficou ainda mais enérgico.
Inúmeras páginas só comportavam textos.
Era preciso contar a história da sua família.

Antes que fosse tarde demais.
Alguns desenhos eram croquis.
Ela não pintava, corria.
Esse frenesi da segunda metade da obra era perturbador.
Uma criação à beira do precipício.
Reclusa, magra, amedrontada, Charlotte se esquecia de si mesma e se perdia.
Até o fim.

Numa carta, ela escreveu estas palavras como conclusão:
Eu era todos os personagens na minha peça.
Aprendi a seguir por todos os caminhos.
E assim tornei-me eu mesma.

A última pintura surpreende pela força.
Charlotte desenhou a si mesma de frente para o mar.
Nós a vemos de costas.
No seu corpo, ela escreveu o título: *Leben? oder Theater?*
Foi com ela que se fechou a obra cujo tema era a sua vida.

Essa imagem se parece estranhamente com uma foto de Charlotte.
Nela, a vemos pitando num lugar alto.
Projetando-se sobre o Mediterrâneo.
Ela olha o objetivo desinteressada.
Poder-se-ia dizer que o fotógrafo roubou um momento da sua contemplação.

Da vida que ela levava fundida com a natureza.
Charlotte parece se confundir com a vegetação.
Maravilhada com a cor do céu.
Diante da luminosidade, pensamos nas últimas palavras de Goethe.
À beira da morte, ele se pôs a gritar: mais luz!

É preciso uma luz fulgurante para morrer.

10

Ela classificou os desenhos durante horas.
Precisava pôr ordem na história.
Numerar as últimas pinturas.
E acrescentou as últimas indicações musicais.
O todo formava três pacotes.
Nos quais ela escreveu: "Property of Mrs. Moore".
As obras deveriam ficar com Ottilie.
Se por acaso ela precisasse fugir, se por acaso ela morresse.
Por enquanto, tinha de proteger seu trabalho a qualquer preço.
Guardá-lo num lugar seguro.

Charlotte pôs os pacotes numa grande mala.
Olhou o quarto pela última vez.
Atravessada por uma emoção particular.
Uma mistura de alegria e melancolia.
A conclusão era um fim provisório da vida de obsessão.
O sair de uma obra faz o mundo exterior aparecer de novo.

Ele é deslumbrante, depois de meses de introspecção.
Deixamos bruscamente o hábito de ter os olhos voltados para o interior.

Os abraços em Marthe foram longos.
Charlotte lhe agradeceu de todo o coração.
Já era hora de partir.
E então, ela começou seu caminho para Villefranche-sur-Mer.
A pé, com sua mala.
Quem poderia ter cruzado com Charlotte naquele dia?
Andando com a obra de uma vida.

Quase dois anos depois da sua consulta, ela voltou para ver Moridis.
Era a única pessoa de confiança que Charlotte conhecia ali.
Ottilie havia voltado para os Estados Unidos.
Diante da iminência do perigo, ela deixara a França.
Havia levado com ela nove crianças num carro grande.
Bem como duas cabras e um porco.
Rumo a Lisboa, para pegar um transatlântico.
Charlotte quis fazer parte da aventura.
Por favor, não me deixe — havia implorado ela.
Mas era impossível.
Ao contrário das crianças, ela precisava de um passaporte.
Resignada, dera alguns desenhos para Ottilie.
Como adeus.
A americana agradeceu calorosamente.
Dizendo *isto vale ouro.*

Essa mulher havia sido muito importante para ela.
Mãe e mecenas.
Portanto, Charlotte lhe confiou sua obra, por intermédio de Moridis.
E a dedicou a Ottilie.

Charlotte estava diante do consultório de Moridis.
Ela tocou a campainha.
O doutor em pessoa abriu a porta.
Ah... Charlotte — disse ele.
Ela não respondeu.
Ficou olhando para ele.
E lhe entregou a mala.
Dizendo *é toda a minha vida.*

Graças a Moridis, conhecemos essa frase.
É TODA A MINHA VIDA.
O que ela quis dizer exatamente?
Eu lhe dou uma obra que conta toda a minha vida.
Ou: eu lhe dou uma obra tão importante quanto a minha vida.
Ou ainda: é toda a minha vida, porque a minha vida acabou.
Será que isso queria dizer que ela ia morrer?
É TODA A MINHA VIDA.
Essa frase é obsedante.
Todas as possibilidades parecem verdadeiras.

Moriais não abriu a mala.
Ele a guardou como uma preciosidade.

Podemos até dizer: ele a escondeu.

Sua filha me mostrou o local onde a obra ficara abrigada.

Eu permaneci imóvel diante desse passado tão real.

Uma emoção de rara intensidade.

É toda a minha vida.

Oitava Parte

1

Charlotte voltara a viver no Ermitage.
Ela se lembrou da avó, no jardim.
Isso não existia mais.
Ela revia todas as crianças correndo.
Isso também não existia mais.
Quase todas haviam partido.
A própria casa parecia órfã.
E a beleza também se tornara triste.

Agora, um homem morava ali.
Alexander Nagler.
Um refugiado austríaco que havia sido amante de Ottilie.
Mas isso ninguém parecia saber.
Alto, desajeitado, ele falava pouco.
O que podia acontecer num encontro de dois silenciosos?
Charlotte não sabia muito bem como agir.
Ottilie lhe deixara *um amigo*.
Ela especificara: *um amigo que não sei o que fazer com ele*.
São palavras de Charlotte.

* * *

Eles foram se sociabilizando progressivamente.
Nagler tinha quase quarenta anos.
Em 1939, para fugir dos nazistas, ele havia atravessado os Alpes.
Uma travessia longa e penosa que lhe deixara marcas.
Embora parecesse forte, Alexander era muito frágil.
Um acidente na juventude o impedia de andar direito.
Uma enorme cicatriz lhe marcava a testa.
Ele era uma espécie de estranha mistura.
O tipo de homem que aparentava ser um protetor.
E que, sem demora, acabávamos protegendo.

Charlotte o achava alto demais.
Não gostava de erguer a cabeça para falar com ele.
De qualquer forma, era raro lhe dirigir a palavra.
Eles se cruzavam no jardim.
Sorriam um para o outro ou se ignoravam.
Porém, no mês de novembro, tudo mudou.
A Alemanha invadira o resto da França.
Então, os dois refugiados uniram os seus temores.
Eles se aproximaram e até começaram a se tocar.

2

Charlotte continuava a visitar o avô.
Era sempre a mesma cena.
Assim que a via, ele começava a gritar horrores.
Ela acabava indo embora, devastada.
Ele era a única família que lhe restava.
Alexander a acalmava.

Às vezes, a acompanhava.
Evidentemente, o avô não suportava o novo intruso.
Quando ficava sozinho com Charlotte, ele a sondava.
Não me diga que esse austríaco a agrada!
Está fora de cogitação que você fique com ele!
Ouviu?
É um mendigo!
Não se esqueça de que nós somos Grunwald!
Você tem de se casar com alguém da sua categoria!

Charlotte o achava ridículo.
Ele vivia na ilusão de um mundo que não existia mais.
Mas ela não queria contrariá-lo.
Ela ficava ouvindo, o que quer que ele dissesse.
Assim havia sido educada, dócil diante dos mais velhos.
Essa educação burguesa era um vestígio do passado.
Era preciso apreciar os vestígios.
Fazer de tudo para que permanecessem por mais um tempo.
Charlotte vislumbrava sua infância através dessa submissão absurda.

Ela dizia sim ao avô.
E, além do mais, não amava Alexander.
Gostava muito dele.
Precisava dele, do seu calor.
Mas não era amor.
Só amava um homem.
O mesmo homem, para sempre.
Será que ele existira?

* * *

Alguns dias depois, o avô sentiu uma dor aguda.
Saindo de casa, ele tentou ir até a farmácia.
Conseguiu com dificuldade, mas caiu bem na frente do estabelecimento.

E morreu assim, na rua.
Quando soube da notícia, Charlotte se sentiu aliviada.
Livre de um peso.
Muitas vezes havia desejado que ele morresse.
Havia agido para precipitar o final?
Depois, numa carta, ela confessou tê-lo envenenado.
Seria verdade?
Seria teatro?
Era improvável e plausível, ao mesmo tempo.
Se considerarmos tudo o que ele a fizera sofrer.
Um mau humor constante e desprezo pelo seu trabalho.
E, também, uma pressão sexual.

Troquei cartas com os admiradores de Charlotte.
Sobretudo com Dana Plays, sobrinha-neta de Ottilie.
Conversamos sobre essa opção.
Fantasiamos sobre a possibilidade desse gesto extremo.
Seria um romance dentro de um romance.

Charlotte contemplou o túmulo do avô.
Que também era o da sua avó.
Os dois estavam reunidos para sempre.
Eles, amantes das velhas pedras e da poeira.
O cemitério estava vazio há horas.

Será que nos tempos de guerra visitava-se menos os mortos?
Finalmente, Charlotte foi embora, virando-se pela última vez.
Como, às vezes, fazemos ao deixar os vivos.

3

Desde 11 de novembro de 1942, a França estava inteiramente ocupada.
A antiga zona livre era dividida entre alemães e italianos.
A região dos Alpes-Marítimos dependia das forças italianas.
Um ocupante que não praticava a política radical do aliado.
Inúmeros judeus afluíram a Nice e região.
Que, praticamente, se tornara o único refúgio acessível na Europa.
Ali, Charlotte e Alexander pareciam estar protegidos.
Porém, por quanto tempo?

Eles falavam constantemente sobre a evolução da guerra.
Os americanos iriam desembarcar?
Charlotte não suportava mais as especulações.
Desde 1933 que esperavam um futuro melhor.
E era sempre o pior que chegava.
Ela queria acreditar na Liberação.
Mas só quando a bandeira americana fosse plantada ali.

Havia muitos lapsos nas conversas deles.
Eram palavras jogadas aqui e acolá, em desordem.
Será por isso que nos beijamos?
Para impedir o silêncio?
Nenhum dos dois era capaz de dar o primeiro passo.

E como isso aconteceu?

Progressivamente.

Não foi um tipo de pulsão.

Tratou-se de uma espécie de avanço minucioso, metódico.

Eles conversavam, tornaram-se cada vez mais próximos.

Tanto assim que, uma noite, os lábios se colaram.

Charlotte era uma jovem de vinte e seis anos.

Em abril, ela festejou o aniversário com Alexander.

Num brechó, ele encontrou uma pequena moldura.

E enquadrou um desenho de Charlotte.

Ela ficou emocionada com o gesto, simples e belo.

Fazia anos que ninguém a tocava.

Ela não se lembrava realmente de ter sido uma mulher.

Dos momentos em que Alfred se ajoelhava para beijá-la.

Em que um homem a desejava, a pegava, a apertava.

Em que haviam se transformados aqueles momentos?

Sem saber por que, alguma coisa no seu desejo a desagradava.

Ela não autorizava o avanço das ternas pulsões.

As carícias de Alexander praticamente a brutalizavam.

Ela o rejeitou.

O que aconteceu?

Ela não sabia dizer.

Ele pensou ser o responsável e queria desaparecer.

Como poderia desconfiar que ela também sentia desejo?

Inconscientemente, ela proibia a si mesma tudo o que tomava o aspecto de desejo.

* * *

Isso não durou e ela cedeu.
O momento foi embriagador.
Charlotte pegou a mão de Alexander e a guiou.
A mão imensa, incerta, mas forte.
E, imediatamente, ela soltou um suspiro.

4

Fazer amor passou a ser a ocupação dos seus dias.
O jardim selvagem acompanhava essa errância sensual.
As árvores, o calor e os aromas.
Era o teatro ideal para o abandono.
Parecia, certamente, o nascimento de um mundo.
Charlotte começou a ficar tonta nesse período.
Sentia vertigens.
Vertigens diferentes das outras vertigens.
Então, era aquilo?
Ela passava a mão no ventre.
Ficava imobilizada assim, perplexa.
Não pensava que isso pudesse acontecer.
Sempre havia comparado seu corpo com uma muralha.
Era a sua única arma para se proteger.
No entanto, devia acreditar que a vida se infiltrara ali.
Sim, ela estava grávida.
Para dizer a verdade, a muralha não a protegera.

Alexander ficou louco de felicidade.
Ele saiu andando apoiado nas mãos pelo jardim.
O mundo devia ser tão simples quanto ele.

E não entendia a reação de Charlotte.

Ela queria lhe dizer que era possível se sentir feliz e perdida a um só tempo.

Que a angústia não era incompatível com a felicidade.

E não cessava de pensar na sua mãe.

Sensações que ela acreditava esquecidas, ressurgiram.

Não é maravilhoso? — perguntou Alexander.

...

Ela simplesmente precisava de um tempo.

Tempo para acolher a felicidade.

Tempo para admitir que poderia ter uma vida feliz.

Com um homem e uma criança.

Isso não é maravilhoso? — perguntou, de novo, Alexander.

Sim, é maravilhoso.

Eles sugeriam nomes durante horas.

Charlotte tinha a certeza de que seria uma menina.

Nina, Anaïs, Erika.

Antecipavam a vida.

O futuro se tornara um espaço concreto.

Mas para Alexander havia uma prioridade.

Queria que se casassem.

Tenho os meus valores — disse ele, orgulhosamente.

Devia desposar aquela mulher grávida dele.

5

Moridis e a mulher foram testemunhas do casamento.

Essa palavra, *testemunha*, assumia toda a sua força.

Era preciso testemunha para ter certeza de que tudo aquilo era real.

Para oficializar um amor.

Declará-lo abertamente num mundo onde era preciso se esconder.

Na prefeitura, eles deram a identidade e o endereço.

Para poder se casar com Charlotte, Alexander se declarou judeu.

Sendo que, até então, ele tinha documentos falsos.

Por que fizeram isso?

Com certeza, chega um momento em que não se suporta mais não existir.

Por muito tempo acreditei que esse casamento os levara à desgraça.

Quando recompus os elementos, tudo combinava.

Mas, depois, descobri outra versão da história.

O casamento não mudou nada no destino deles.

Não podemos identificá-lo com uma rebelião social.

A prova: Charlotte e Alexander continuaram no Ermitage.

Onde todo o mundo poderia encontrá-los.

Sentiam-se em segurança, protegidos pela presença italiana.

Forçosamente, foi isso.

Em segurança a ponto de se casarem e dar o seu endereço.

* * *

No entanto, a situação era precária.
Alguns tentavam ajudar os judeus a fugir.
A iniciativa mais ambiciosa foi de Angelo Donati.
Um político italiano que elaborou planos de salvamento.
Ele emendou reuniões com o Vaticano e com embaixadores.
E fretou vários barcos que poderiam partir para a Palestina.
O cônsul geral da Itália apoiou Donati.
As medidas antijudeus foram todas anuladas.
Os *carabinieris* italianos protegiam a sinagoga.
Para prevenir os ataques da milícia francesa.
Em Nice, Donati também foi ajudado pelo padre Marie-Benoît.
Tudo isso formou uma bolha de proteção solidária.
Certamente, reforçando a inconsciência do jovem casal.

Porém, no dia 8 de setembro de 1943, ocorreu a rendição italiana.
Os alemães tomaram o controle daquela zona.

6

Os judeus deviam e iam pagar.
Para fazer isso, foi enviado um dos piores responsáveis da SS.
Talvez, o mais cruel: Alois Brunner.
A biografia dele dá náuseas.
Era um moreno baixinho, de cabelos crespos.
Extremamente magro, parecia ter o corpo torto.
Com um ombro mais alto do que o outro.
O constrangimento por não corresponder ao tipo ariano reforçava o seu ódio.

Mais do que qualquer outro, ele devia provar que tinha o sangue puro.

Mas não passava de um homem comum.

Seu charme era nulo, a sua voz de pouco alcance.

No entanto, não se conseguia esquecê-lo depois de tê-lo visto.

Os testemunhos sobre sua violência e sua perversidade são impressionantes.

Brutal, vulgar, ele sempre usava luvas.

Por medo de entrar em contato com um judeu.

Depois da guerra, conseguiu escapar.

Mudando de identidade, ele foi para a Síria onde encontrou proteção.

A família El-Assad fazia negócios com ele.

Ele se aproveitou da sua competência em matéria de tortura.

Finalmente, foi desmascarado.

Mandados internacionais foram enviados.

O regime sírio sempre se recusou a extraditá-lo.

Os agentes do Mossad queriam agir com ele da mesma maneira que com Eichmann.

Queriam levar Brunner para ser julgado em Israel.

Mas foi impossível se infiltrar até Damasco.

Apenas conseguiram enviar encomendas postais com armadilhas.

Brunner perdeu um olho e os dedos de uma mão.

Isso não o impediu de viver tranquilamente.

Em 1978, um jornalista do *Chicago Sun-Times* conseguiu uma entrevista com ele.

Sobre os judeus exterminados, ele declarou:

"Todos eles mereciam morrer.

Porque eram enviados do diabo e dejetos humanos."

E acrescentou: "Se fosse para fazer de novo, eu o faria."
Brunner morreu, provavelmente, em meados dos anos 1990.
Protegido até o último suspiro.

Valendo-se do seu sucesso na Grécia e em Drancy, Brunner desembarcou um Nice.
Instalou seu quartel-general no hotel Excelsior.
Bem perto da estação, ele podia amontoar os judeus ali antes de serem deportados.
Existe uma placa comemorativa diante do estabelecimento.
O pátio interno era intransponível, fazendo quase o papel de prisão.
Era cercado por prédios.
Dos seus apartamentos, alguns habitantes de Nice estavam de camarote.
E assistiam ao espetáculo das execuções.
Certamente, Brunner ficava excitado com essa ideia.
De ter um público para admirar sua barbárie.

Ele montou uma equipe de catorze pessoas.
Uma espécie de comando de caça aos judeus.
Achou que indo à prefeitura tudo seria simples.
Mas o prefeito Chaigneau destruíra as listas da administração.
Ele lhe disse que os italianos haviam levado tudo com eles ao partir.
Era uma mentira perfeita, impossível de ser comprovada.
Assim, Chaigneau salvou milhares de pessoas.
Louco de raiva, Brunner começou a perseguição.
Alguns judeus fugiram, tentando chegar à Itália pelas montanhas.

Se Alexander não fosse deficiente, talvez eles também tivessem partido.
Porém, ele não podia andar por muito tempo.
E, depois, Charlotte estava grávida de quatro meses.
Portanto, decidiram continuar escondidos no Ermitage.
A casa era muito grande, ninguém notaria a presença deles.

Brunner prometeu uma grande recompensa para quem desse informações.
No dia seguinte, começaram a chegar cartas no hotel.
Cartas de denúncia em massa.
As diligências recomeçaram.
Era preciso desentocar as presas ainda na cama, ao despertar.
Viam-se velhos extenuados, de pijama, no pátio do Excelsior.
Algumas mulheres detidas eram submetidas a uma avaliação física.
Se fossem bonitas, eram imediatamente esterilizadas.
E enviadas para o Leste como prostitutas para os soldados.
Mas isso não era o bastante, não era o bastante, não era o bastante.
Brunner queria mais, mais e mais.
Ele fazia interrogatórios de uma brutalidade ímpar.
Obrigava os detentos a entregarem os outros membros da família.
Cada judeu a mais era importante.
Descobriu que um escritor famoso residia num hotel da região.
Era Tristan Bernard, que tinha quase oitenta anos.
Na recepção do hotel, todos protestaram, ficaram indignados.
Nada a fazer, o escritor foi levado com a mulher.
Em direção a Nice e, depois, Drancy.
De onde ele seria libertado graças à intervenção de Guitry e de Arletty.

7

Na Grécia, Brunner havia conseguido deportar quase cinquenta mil judeus.
Ali, apesar de todos os esforços, estava longe desse número.
Havia passado apenas de mil detenções.
Felizmente, as cartas continuavam a afluir.
Ainda existiam bons franceses, prontos a prestar serviços.

Manhã de 21 de setembro de 1943.
Não foi uma carta, mas sim um telefonema.

Uma jovem...
Judia-alemã — disse a voz.
Em Villefranche-sur-Mer...
...
Numa casa chamada Ermitage.
Ermi... o quê?
Ermitage.
Está certo, anotado.
Perfeito.
Um bom dia e obrigado de novo.
De nada, é normal.

Uma denúncia entre outras.
Foi isso.
Uma denúncia sem razão.
Ou, então, havia uma.
Mas qual?

Charlotte e Alexander não incomodavam ninguém.
Viviam como eremitas.
Seria alguém que queria recuperar a casa?
Não, isso é absurdo.
Ninguém se apossou do Ermitage depois.
Então, o quê?
Não havia uma razão.
Foi o que estranhamente chamamos de ato gratuito.

Kika, a filha do doutor Moridis, falou sobre a detenção.
Setenta anos depois dos fatos ocorrerem.
Ela me disse o que o pai lhe havia contado.
Subitamente o marido dela nos interrompeu.
Algumas pessoas sabem quem denunciou Charlotte Salomon — disse ele.
Eu fiquei estupefato.
Eu o interroguei e ele especificou.
É o que dizem.
Nas cidades, nos povoados.
É assim.

Eu não esperava por isso.
Não sabia o que pensar.
Foi uma velha que disse — especificou ele.
Enfim, nada é certeza.
Ela não era muito lúcida.
Se assim for, ela estava inventando.

Eu não conseguia acreditar nele.
Quem inventaria uma coisa dessas?

* * *

Em Villefranche-sur-Mer, havia pessoas que sabiam.
Tanto tempo depois, as pessoas ainda cochichavam.
Durante anos, os culpados viveram ali.
Como, aliás, viveram em tudo o que é parte.
A delação não é perecível.
Mas ela foge.
Ainda hoje, é preciso calar o que todos sabem.

Depois, pensei muito sobre isso.
Deveria ter continuado a investigação?
Encontrar o filho ou a filha daquele ou daquela que havia denunciado?
Com que objetivo?
Seria realmente importante?

8

À noite, o caminhão chegou a Villefranche-sur-Mer.
E parou no centro da cidade, em frente à farmácia.
Dois alemães desceram para pedir informações.
O caminho lhes foi explicado, educadamente.
Eles saíram agradecendo, radiantes com tanta afabilidade.
O informante poderia ter ensinado o endereço errado?
Ter dado um jeito para avisar Charlotte de que era procurada?
Ele estava com medo ou havia colaborado?
Fazia anos que ela morava ali.
Todo o mundo a conhecia.
O que havia passado pela cabeça daquele homem?
Afinal, aquela moça era um pouco estranha.

Ela não falava muito.
Não se sabia o que ela pensava.
Não, realmente.
Um pequeno interrogatório não lhe faria mal.
Na pior das hipóteses, ela seria levada para algum lugar.

Com todos os faróis apagados, o caminhão estacionou sem ruído.
Dois homens entraram de cada lado do jardim.
Naquele exato momento, Charlotte saía de casa.
Ela deu de cara com os soldados.
Eles se precipitaram para ela e a agarraram pelo braço.
Ela gritou com todas as suas forças.
Debateu-se, tentou fugir.
Um alemão puxou-a violentamente pelo cabelo.
E lhe deu um golpe no ventre.
Ela disse que estava grávida e implorou clemência.
Por favor, deixem-me.
Isso não tinha nenhuma importância para eles.

Enquanto os soldados tentavam dominá-la, Alexander saiu da casa.
Ele tentou se interpor, tirar Charlotte do inimigo.
Mas o que fazer contra uma arma?
Ameaçado, recuou alguns passos e encostou-se à parede.
Explicaram a Charlotte que ela deveria pegar algumas coisas.
De cabeça baixa, ela não respondeu.
Um alemão empurrou-a para a casa.
Ela não conseguia mexer as pernas e caiu na relva.
Levantaram-na, brutalmente.

Alexander quis reagir, mas uma arma continuava apontada para ele.
Ele compreendeu que iriam levá-la.
E só ela.
Não se interessavam por ele.
A denúncia só recaía sobre ela.
Não era possível.
Não podia deixá-la partir com o filho deles.
Não.
Então, ele olhou para um dos soldados e gritou:
Têm de me levar também: eu sou judeu!

Charlotte e Alexander subiram ao primeiro andar.
Deviam pegar algumas roupas.
Ela quis levar um livro, mas impediram-na.
Só roupas e um cobertor, apressem-se.
Alguns minutos depois eles estavam sentados na traseira do caminhão.
O veículo se embrenhou na noite.
Brunner ficaria contente.

9

Eles foram amontoados no pátio do hotel com outros prisioneiros.
Os rumores que corriam eram aterradores.
Ouviam-se gritos, às vezes alguns tiros.
Brunner instalara a sala de tortura ao lado do seu quarto.
Acontecia de se levantar no meio da noite para urinar sobre um judeu.

Da janela, ele podia ver os capturados.
Perscrutava com prazer os medos e os desesperos.
Mas sabia que, ao mesmo tempo, devia fazer tudo para tranquilizá-los.
As transferências dependiam da tranquilidade.
Ninguém deveria desconfiar da continuação do programa.
Para evitar a histeria e os atos de bravura desesperados.

Brunner em pessoa foi falar com eles.
Fez uso da sua voz mais afável.
No entanto, era a mesma voz que gritava antes de matar a sangue-frio.
Ele admitiu que acontecia de se irritar com os recalcitrantes.
Mas não lhes queria nenhum mal.
Se todos colaborassem, tudo correria bem.
Falou de um Estado judeu que havia sido criado na Polônia.
Vamos lhes dar um recibo pelo seu dinheiro.
Ele lhes será devolvido ao chegarem lá.
A grande comunidade da Cracóvia cuidará da sua instalação.
Todos encontrarão empregos de acordo com o seu gosto.
Quem realmente acreditava nisso?
Todos, provavelmente.
Afinal, o pai de Charlotte havia voltado de um campo.
E ela própria havia sido liberada de Gurs.
Era preciso manter a esperança.

Ao amanhecer do quinto dia, eles iam partir.
Andaram até a estação, onde um trem os aguardava.
A polícia francesa ajudava os alemães, cuidando da logística.
Era um comboio de várias centenas de pessoas.

Depois que entraram no vagão, nada se mexia.
Por que os amontoaram se era para ficarem ali?
O sinal verde seria dado por Brunner.
Talvez ele demorasse para fazer durar o prazer.
Todos começaram a sufocar, a sentir sede.
Alexander disse que sua mulher estava grávida.
Então, deram um jeito para lhe abrir um pequeno espaço.
Para que ela pudesse se sentar, com o rosto nos joelhos.
Ninguém podia ouvir, mas ela cantava interiormente.
Uma canção de ninar alemã da sua infância.
Finalmente o trem partiu, proporcionando um filete de ar.

10

No dia 27 de setembro de 1943, eles chegaram a Drancy.
Alexander e Charlotte foram imediatamente separados.
Tratava-se de um campo de trânsito.
A sala de espera da morte.

11

No dia 7 de outubro estavam prontos às quatro horas e trinta da manhã.
Todos os deportados tiveram de pôr seu nome na bagagem.
Mais uma ilusão de uma futura instalação doméstica.
Para não aumentar o pânico, as famílias foram reagrupadas.
Charlotte reencontrou o marido, achando-o já muito enfraquecido.

* * *

Na plataforma, ela observou alguns homens.
Estavam vestidos como se fossem a um casamento.
Eram elegantes, se mantinham eretos, com a mala na mão.
Usavam chapéus que podiam tirar quando uma mulher passava.
Não se percebia a menor histeria.
Era uma forma de polidez na degradação.
Não queriam mostrar para o inimigo a devastação interior.
Não queriam lhe dar o prazer de um rosto supliciado.

Era o comboio de número 60.
Num vagão de quarenta pessoas, amontoaram setenta.
Com todas as bagagens, claro.
No vagão havia loucos e velhos arrebatados dos asilos.
Quem poderia acreditar num campo de trabalho?
Por que eles haviam pegado alienados e moribundos?
Era um detalhe que não enganava.
Um rapaz disse: eles vão nos matar, temos de fugir.
E procurou um meio de escapar, queria quebrar as ripas.
Várias pessoas se atiraram sobre ele para impedi-lo.
Os alemães haviam sido bem claros nesse ponto.
Se descobrissem um único ausente, todo o vagão seria executado.

O tempo passou lentamente.
Para dizer a verdade, não, o tempo não passava.
Estranhamente, um clarão de esperança aparecia aqui e acolá.
Raros e curtos momentos.
Charlotte disse a si mesma que iria encontrar a família.

Talvez Alfred já estivesse lá.
Como ele reagiria ao encontrá-la casada e grávida?

Para sua surpresa, era do seu pai que sentia mais saudades.
Todos esses anos sem nenhuma notícia.
Alexander não podia mais tranquilizá-la.
Depois de uma hora, ele piorou.
Uma úlcera lhe corroía o estômago.
Ele estava quase transparente.
Algumas vozes diziam: é preciso ficar bem.
Ao chegar, mantenha-se ereto.
As faces devem estar coradas.
No campo de trabalho eles só pegarão os que tiverem em forma.
Mas como ser forte depois de três dias naquelas condições?

Charlotte e Alexander se apoiavam na medida do possível.
Em cada parada, ele lutava para conseguir água para a mulher.
Ela estava com medo de que o bebê morresse.
Às vezes, não sentia os seus movimentos.
Depois, subitamente, ele se manifestava.
Parecia que, ele também, já economizava as forças.
Que começava a vida como um sobrevivente.

12

Finalmente, o trem chegou ao destino.
A noite estava escura e gelada.
Como na partida, os vagões permaneceram fechados.
Por que eles não abriam?
Por que não os deixavam respirar?

Era preciso esperar o amanhecer.
O que demorou mais de duas horas.

Enfim, todos os deportados desceram do trem.
Abatidos, esgotados, esfomeados.
A neblina matinal impedia de ver o campo.
Não se via nem os cães que latiam.
Apenas distinguiam uma inscrição acima do portão da entrada.
Arbeit Macht Frei.
O trabalho liberta.

Depois, precisaram ficar em filas.
Alexander e Charlotte sabiam que iam ser separados de novo.
Eles aproveitaram os últimos instantes juntos.
Logo diriam a qual grupo deveriam se juntar.
Alguns seriam poupados de uma morte imediata.
Pois o comboio havia chegado no dia seguinte da festa de Yom Kippur.
Dia em que os nazistas usaram o gás um pouco mais do que de hábito.
Como se quisessem festejar a data.
Por isso, havia muitos lugares livres no campo.

A fila avançou lentamente.
O que se devia dizer?
Quais eram as respostas certas?
Charlotte ia explicar que era um erro.
Ela não era judia.
Estava na cara que ela não era judia.

E, além do mais, estava grávida de cinco meses.
Precisava repousar numa clínica.
Não podiam deixá-la assim.

Havia chegado a vez dela.
No fim das contas, ela não disse nada.
Um homem falou com ela sem nem mesmo olhá-la.
Perguntou nome e sobrenome.
Data de nascimento.
Depois perguntou em que ela trabalhava.
Ela respondeu: desenhista.

Então, ele ergueu os olhos com desprezo.

O que é desenhista?

Sou pintora — disse ela.

Ao fitá-la, finalmente ele percebeu que estava grávida.
Ele perguntou se ela esperava um bebê.
Ela concordou com a cabeça.
O homem não era amável nem desagradável.
E anotou a informação como uma banalidade.
E carimbou com força a ficha dela.
Em seguida, indicou a Charlotte o grupo ao qual ela devia se reunir.
Um grupo constituído essencialmente de muitas mulheres.
Ela avançou lentamente com sua mala.
Lançando olhares constantes para Alexander.

* * *

Havia chegado a vez dele.

Foi tudo mais rápido.

Disseram-lhe para se juntar a um grupo do lado oposto ao da mulher.

Ele a procurou com o olhar enquanto andava.

Quando a viu, fez um pequeno sinal com a mão.

Alguns metros depois, ele foi engolido pelo nevoeiro.

Charlotte o perdeu.

Menos de três meses depois, Alexander morreu de fraqueza.

13

No prédio se podia ler que iam tomar banho.

Antes de entrar, todas se despiram.

Tinham de pôr as roupas num gancho na parede.

Uma guarda gritava.

Guardem bem o número do seu cabide.

As mulheres memorizaram esse número derradeiro.

E entraram na imensa sala.

Algumas se davam as mãos.

Então as portas foram bem trancadas, como numa prisão.

A nudez sob uma luz gelada atravessava os corpos.

Charlotte foi notada com o seu ventre.

No meio das outras, ela não se mexeu.

Parecia se extrair daquele momento.

Para estar lá.

Epílogo

1

Em maio de 1943, Paula e Albert foram detidos na Holanda.
Como ajudantes de enfermagem, eles sobreviveram no campo
de Westerbork.
Pediram a Albert que esterilizasse as mulheres judias.
Sobretudo as saídas de casamentos mistos.
Ele se recusou categoricamente, mas depois mudou de opinião.
Disse que precisava voltar a Amsterdã com Paula, sua assistente.
Para pegar seus instrumentos de trabalho.
E eles aproveitaram para fugir.
Ficaram escondidos até o fim da guerra.

Quando a paz voltou, eles tentaram ter notícias de Charlotte.
Depois de meses de incerteza, ficaram sabendo de sua morte.
Arrasados, Paula e Albert se sentiram culpados.
Nunca deveriam tê-la mandado para a França.

Em 1947, decidiram seguir os rastros dela.
Para ver o cenário dos seus últimos anos.
E encontrar Ottilie Moore, que havia voltado para o Ermitage.

A americana relatou suas lembranças de Charlotte.
O desenrolar dos acontecimentos.
O suicídio da avó.
O terror exercido pelo avô.
E, depois, o casamento com Alexander.
Vittoria, a cozinheira, também estava presente.
Ela havia preparado a refeição do dia da cerimônia.
E descreveu o cardápio com precisão.
E a atmosfera daquela bela tarde.
Charlotte estava feliz? — perguntou o pai.
Sim, creio que estava — respondeu Vittoria.
Naquele momento, ninguém ousou informar que ela estava grávida.
Eles ficariam sabendo depois.

Outra testemunha primordial foi encontrá-los.
O doutor Moridis.
Ele parecia muito emocionado por encontrar Paula e Albert.
Falou de momentos maravilhosos com Charlotte.
Evitou mencionar suas preocupações quanto à saúde mental da moça.
Das visitas médicas em que ele duvidou de sua lucidez.
Eu a admirava demais — acrescentou ele.
Com a voz embargada pela emoção.

Alguns meses antes, ele havia entregado a mala a Ottilie.
A americana foi buscá-la.
Moridis repetiu a frase pronunciada por Charlotte: é toda a minha vida.

Uma vida em forma de obra.
Albert e Paula descobriram *Vida? ou Teatro?*
O choque foi terrível.

Eles ouviram a voz de sua filhinha.
Ela estava ali, com eles.
A sua Lotte, que eles haviam perdido há muitos anos.
Graças a ela, as lembranças respiravam de novo.
Era toda a sua vida, a deles também.
Eles examinaram os desenhos durante horas.
Tornaram-se os personagens.
Era a prova de que haviam vivido.

2

Paula e Albert voltaram para Amsterdã, sua nova cidade.
Depois de uma longa hesitação, Ottilie lhes cedeu a obra.
Durante noites inteiras, eles a analisaram.
Algumas partes os fizeram rir, outras os ofuscaram.
Era a verdade de Charlotte.
Uma verdade artística.
Não podiam duvidar de tudo o que ela pensava.
E, certamente, também não do amor desmesurado por Alfred.
Depois, Paula dirá que isso só podia ser uma fantasia.
Segundo ela, Charlotte e Alfred não deviam ter se visto mais do que três vezes.
Ela não acreditava que houvessem se encontrado às escondidas.

* * *

Essa era toda a beleza do projeto de Charlotte.
Onde estava a vida?
Onde estava o teatro?
Quem poderia saber a verdade?

E assim os anos se passaram.

Na Holanda, Paula reencontrou amigos do mundo cultural.
Ela voltou a cantar, recomeçou a vida.
De vez em quando, eles mostravam os desenhos às suas visitas.
As reações eram sempre de deslumbramento e emoção.
Um amante da arte disse que deviam organizar uma exposição.
Por que não tiveram essa ideia antes?
Seria uma homenagem fabulosa.

Isso levou tempo, precisaram também preparar um catálogo.
Finalmente a obra de Charlotte foi exposta em 1961.

Foi um sucesso considerável.
Além do aspecto emocional, a obra fascinou por sua inventividade.
Pela originalidade total da forma.
E das cores quentes que atraíam o olhar.
A reputação de Charlotte imediatamente atravessou as fronteiras.
Nos anos seguintes, várias exposições foram organizadas.
Na Europa e até nos Estados Unidos.
Vida? ou Teatro? virou livro.

Ele foi traduzido em várias línguas.
Paula e Albert foram entrevistados na televisão.
Pareciam embaraçados e eram comoventes diante das câmeras.
Eles narravam Charlotte.
Ela continuava viva nas palavras deles.
Uma equipe de repórteres foi para o sul da França.
Testemunhas, como Marthe Pécher, deram seu depoimento.
Ninguém pareceu surpreso por ser interrogado sobre Charlotte.
Mais de vinte anos depois de ela ter passado por ali.
Como se todos soubessem que ela se tornaria célebre.

Mas a obra não conheceu por muito tempo a notoriedade que merecia.
Progressivamente, as retrospectivas se espaçaram.
E se tornaram raras, muito raras, injustamente raras.

Como envelheciam, Albert e Paula não podia cuidar mais da herança.
Em 1971, decidiram legar tudo ao Museu Judeu de Amsterdã.
A coleção continua lá sem uma exposição permanente.
Na maior parte do tempo, fica no subsolo.
Albert morreu em 1976.
Bem mais tarde, em 2000, Paula se juntou a ele.
Ambos repousam num cemitério perto de Amsterdã.

3

E Alfred?

Beneficiando-se da ajuda de uma aluna, ele conseguiu fugir.
Em 1940, foi para Londres, cidade de onde nunca mais saiu.

Depois da guerra, voltou a dar aulas.
Rapidamente, seus métodos fizeram um grande sucesso.
Ele era considerado, ouvido, existia.
Recomeçou a escrever e publicou um romance.
Enfim, livre das suas angústias, atravessou os anos 1950.
Não tinha mais o sentimento de ser um morto entre os vivos.
O passado lhe parecia longínquo, talvez inexistente.
Não queria mais ouvir falar da Alemanha.

Graças a amigos comuns, Paula descobriu notícias suas.
Ela lhe escreveu uma longa carta amigável.
Que surpresa, depois de tanto tempo.
Na sua resposta, ele implorou que ela voltasse a cantar.
Repetiu que ela era a maior.
Mas não mencionou Charlotte.

Pois temia o pior.

Alguns meses depois, ele recebeu outra carta.
Para dizer a verdade, não, não era uma carta.
E sim o catálogo da exposição de Charlotte.
Havia também uma brochura com uma nota biográfica.

O que ele sabia, sem o saber, lhe foi confirmado.
Ela havia morrido em 1943.
Ele começou a folhear as páginas do livro.
E rapidamente começou a compreender a dimensão autobiográfica.
Viu os desenhos da infância dela, a mãe e os anjos.
Depois, o aparecimento de Paula.
E...

Subitamente, Alfred se descobriu.
Um desenho.
Dois desenhos.
Cem desenhos.
Percorrendo o livro, viu o próprio rosto por toda parte.
O seu rosto e as suas palavras.
Todas as suas teorias.
Todas as conversas que haviam tido.
Ele nunca pensou ter tido tamanha influência.
Charlotte parecia obcecada por ele, pela história dos dois.
Alfred sentiu uma ardência em todo o corpo.
Como se alguma coisa o pegasse pelo pescoço.

Ele se deitou no sofá.
E ficou prostrado por vários dias.

Alfred morreu um ano depois, em 1962.
Foi encontrado vestido, na cama.

* * *

Tinha a aparência de um homem que partia para uma viagem.
Era a hora do encontro do qual ele parecia ter conhecimento.
Isso lhe dava um ar circunspecto.
E até uma forma de serenidade, o que era raro de se ver nele.
A mulher que o encontrou passou a mão no seu terno.
E sentiu a presença de um documento na altura do bolso.
No bolso interno, perto do coração.
Ela puxou delicadamente o papel.
E encontrou a brochura de uma exposição.

De uma artista chamada...

Charlotte Salomon.

Impresso no Brasil pelo
Sistema Cameron da Divisão Gráfica da
DISTRIBUIDORA RECORD DE SERVIÇOS DE IMPRENSA S.A.
Rua Argentina, 171 – Rio de Janeiro, RJ – 20921-380 – Tel.: (21)2585-2000